JN080586

晩年の美学を求めて

曽野綾子

リベラル文庫

本書は二〇〇六年四月、朝日新聞社より単行本で刊行、二〇〇九年八月に朝日新聞出版より文庫として刊行されたものです。

晩年の美学を求めて　目次

まえがき

今でもよく憶《おぼ》えているが、私は三十七歳の誕生日の当日、電車で講演に出かけた。私の家では誰《だれ》もが形式的なことが嫌いで、私の誕生祝いは全く計画されていなかった。

私はその日、車窓の風景を見ながら、ああ遂に私も人生の折り返し点近くに来たのだな、と思った。当時女性の平均寿命は七十四歳だったのである。折り返し点を過ぎると、後は坂道を下りるように楽になるかもしれないが、とにかくそう自覚して生きなければ、と私は自分に言い聞かせた。

その頃《ころ》から、私は自分の老いを戒めるものを書いておくべきだ、と思い、折りにふれて一部をメモに残し始めてはいた。しかし記録によると、本気で一冊のノートに『戒老録』として集め出したのは、一九七一年の秋、初めてアウシュヴィッツを訪ねて帰国した直後ということになっている。私は『奇蹟』という作品の取材のためにアウシュヴィッツに行ったのだが、そこで不整脈を起こすほどの激しい衝撃を受けて帰っていた。

最初の『戒老録』が出たのは一九七二年、つまりその翌年、私が四十歳の時である。それから三十余年が経《た》って、現在日本人の平均寿命は男性が七十九歳、女性が八十六歳という異常な長さになった。一方で、アフリカなどエイズの蔓《まん》延《えん》している土地では、平均寿命が三十八歳という国まで現れるようになった。

全く意識していなかったが、『一冊の本』に連載の場を与えられ、私が「晩年の美学を求めて」の最終回を書き終えたのは、偶然私が七十四歳の時であった。『戒老録』からちょうど倍の年月を私は生きていたのである。

私は自分をかなりの高齢と意識しているが、今のところ一応自分の行動に不自由はないし、人の食事の支度まですることも辛《つら》くはない。遠くにも旅行する。これからももしかすると伸び続ける平均寿命からみると、今はまだ始末のいい年齢にいるのかもしれない、という自覚もある。ましてや最近身近にいくらでもいる百歳を越えて立派に普通の人間を続けている人たちと比べると、七十代はまだ「自由な年齢」ということになるのかもしれない。しかし晩年の意味は、年を追う毎《ごと》に濃厚になり、発見も多くなる、とすれば、そこには楽しみな部分も増えるのだろう。

私がほんとうに子供の時から死と親しみ、いつも晩年の視点を持っていた理由は、実はよくわからない。私が陰りのある幼児期を過ごしたということもあるかもしれないが、血圧と同じで、当人のＤＮＡによる生理的な特徴だというのが一番自然なような気がする。私はパウロの「時は縮まっている」という言葉を読んだ時、それを老年の感慨とは受け取らず、むしろ「人間の気概」と感じたのだ。

一人一人のみごとな晩年の美学が、我々の頭上の玲瓏《れいろう》とした夜空に、満天の星として輝く光景を希《ねが》っている。

二〇〇六年春

賢人

或《あ》る時、ふとおもしろいことを考えた。

人が年を取ることを老年という。老年に関する研究は最近たくさん出るようになって、私はいい時代に生まれ合わせたものだ、と感じていた。教科書がたくさんできたからである。

しかし晩年の研究はあまりない。老年はたとえば七十歳以上、というふうに年が確定しているからわかり易《やす》いのだが、晩年は当人にいつが晩年かわからないからだ。十九歳二十歳が晩年になった人もいる。五十歳で晩年を迎える人もいる。ゼロ歳の晩年などというものになると、私たちはもうただ月光にさらされるように、清純ないたましさにうたれるだけだ。

私は今七十代半ばである。年の話は大しておもしろくもないものだから、できるだけ自分の年に触れることをしないようにしているが、年を隠したこともない。私の場合は、老年が晩年になっているのだから、理解し易い。

それでももし私が九十歳まで生きたら、七十代で晩年というのは少し早過ぎるのかもしれない。むずかしいものだ。晩年は誰にとっても輝いているものであるべきだから、早めに「晩年顔」をするのも嫌らしいものなのである。

私は目下のところ……三年間も健康診断をしていないので体の「内部的事情」はよくわかっていないのだが……自覚的には健康に問題がない。六十代の半ばに、墓地で転んだ時、右脚の骨を折り、それまで健康保険をあまり使わないでいられることを誇りにしていたのだが、一挙に国家のお世話になってしまった。それで、それ以後再び健康保険を使わないことを小さな目標に生きている。

転倒した時、私は自分の骨の折れる音というものを生まれて初めて聞いたのだ。それは木の枝を折る音とそっくりだった。転倒したまま自分の足を見ると、不気味なことに足は馬の足のような形になっていた。踵《かかと》の骨が脱臼して踵が前の方に、指先が後ろを向いていたのである。しかし少しも痛みはなかった。

私は救急車で運ばれた最寄りの病院でレントゲン検査の後、簡単な添え木を当てられただけで、約三時間半ほど後には、車で一時間ほどの距離にある町で講演をしなければならなかった。こんなに差し迫ると、代わって講演をしてくれる人を見つけ出すことはできなかった。私は生まれて初めて車椅子に乗ったままステージに上がったが、幸運なことにその日は五月十二日「看護の日」で、聴衆は看護師さんやお医者さんや病院経営者などが主だったので、私は簡単に車椅子も借りられたのだし、私の状態を誰も大して奇異に思わず見てくれた。その日に怪我《けが》をした、というのはとんだブラック・ユーモアだったという人もいた。

不思議なことにこの間、私は全く痛みを感じずに済んでいた。軽い痛み止めはもらったはずだが、講演をするにはいささかの思考も要る。しかしこの新傷はものを考えるのに、全く妨げにはならなかったのである。この時、私の右脚の骨のうち、一本は縦割り、もう一本は横にぽきんと折れていたが、脱臼していた踵の骨は最初に運びこまれた病院で元通りにはめ込まれて落ちついていた。後からどうして痛まなかったのか考えたのだが、骨がきれいに折れていてしかも肉を突き破っていなかったのと、傷が生理学的にはわりと重傷だったので、脳内モルフィンが自然に分泌されて一種の麻薬の役目を果したのではないか、と言ってくれた人もいるが、ほんとうのところはわからない。ただ重傷だったのかもしれないと思うのは、転倒してから六、七時間経過してから改めて運び込まれた病院で、私は急に最高血圧が八十三まで下がってしまった。

「いつもこんなに血圧低いんですか？」

と看護師さんに聞かれて、私は早く手術をして欲しい一心で、

「はい、昔からよく八十五くらいに下がっていました」

と答えたが、これは全く嘘《うそ》というわけではなかった。昔はよくそんなことがあり、私はどう生きていいかわからないほどの眠さやだるさに襲われていた。ただ、近年はそれほどのことはなく、最高血圧はいつも百八とか百十三とかを保っていたのだから、その答えには少しだけ嘘が含まれていた。体の方は正直にショックを感じていたのではないかと思う。


むしろ自覚的には、私は幸福でいっぱいであった。よかった！ 日本で怪我をしてよかった！ これがアフリカの田舎町だったら、手術の設備もないし、無理して手術をしてもこれが病院と言うものか、と思うほど不潔な施設が多いから、後で肝炎やエイズに感染する危険もある。ここは日本だ、一流の大学病院だ。窓からは深い緑が見え、看護師さんもドクターも実に感じがいい。家族

はまもなく読みたい本や着慣れた寝巻を届けてくれるだろう。夜の病院の食事は何が出るか楽しみだ、何しろ昼はろくろく食べていなかったのだから……こんなに幸福感に満たされていても、体は受けた傷を計測していて、決して簡単ではない、と感じていたのだろう。

余談だが、私は後日、なぜ私の傷が全く痛まなかったかを不思議に思っていろいろ体験者に聞いてみた。銃弾に撃たれたという今の時代には珍しい体験をした人もまた、その瞬間全く痛まず、正常すぎる判断力を保っていた。戦争中、大陸で刀で切られたという人もその瞬間は全く痛くなかった、と証言している。信じられないことだ。私は時々紙で指を切っただけでもうんと痛い思いをしているのに、刀で体を切られても痛くないというのだ。こうした体験談は人生の救いの一面を見せてくれる。

簡単にこの事故の次第を述べると、私の脚は幸運にも骨が固かったので、クギを打ち込んでよく治ったのである。ただクギを抜くまでに九カ月もかかってしまった。もっともその間、手術の次の日に一日勤め先の財団を休んだだけで、スケジュールは一日たりとも狂わさなかったので、職場の人も私自身も九カ月間も怪我をしていたという実感がないのである。私の仕事は座業だから、脚くらい折っていても、別に誰も困らなかった、という事情もあったろう。

こういう発想になることができたのは、ひとえに手術をして頂いた聖路加国際病院の日野原重明先生の哲学によるものであった。病人にも怪我人にも、できるだけ普通の暮らしをさせるように、そしてまた多くの場合そのことは可能であって、むしろ治癒を早めるものだ、という考え方が病院全体に徹底していたので、私は入院中、出張もすれば、外泊も許されたのである。もちろんそのためには、秘書課の男性に車椅子を押して貰《もら》わねばならなかったが、私の性格は「気楽にお世話になろう」というものだった。人間は基本的に、たとえ健康な時であっても、一人では何もできないものである。社会の仕組みを借りて、眼に見えない人たちの働きによって、私の生活は成り立っている。私たちはお世話になりながら、しかしいささかの闘志を持って暮らせばいいのである。

私は手術の翌日から、身の回りのことは、何一つ看護師さんの手を煩わせずにやることができた。私には腕力があったので、大抵のことを腕っぷしと工夫でカバーして目的を達していたのである。この時、私は六十四歳であった。

こういう生き方が可能かどうかは、性格によるものと思われる。大きな声では言えないのだが、私は明らかに怪我をおもしろがっていた面がある。仮初《かりそ》めの不自由をどうやって克服するかは、なかなかやり甲斐《がい》のあるおもしろいゲームであり、自分の性格や心底を見据えられる好機でもある。

その時、私にとって最高の餞《はなむけ》の言葉は、一人の知人の医師が漏らした感慨だった。その方はこう言われたのである。

「いい人が脚折ったよ。ソノさんなら、車椅子の体験を生かせるよ」
そうありたいものであったが、どうもご期待に完全に添えたとは思えない。しかし考えようによれば、脚を折るという体験は少なくとも個人にとっては一つの財産だ。負の財産だ、という人もあるだろうが、とにかく人の体験できないことをしたのだ。

そんなような意味ででも、私は誰でも老年までには、いやその人の晩年までには、その人の生涯の中で最高に体験豊富な、賢い人間が作られているはずだと思うのである。たとえば私の年だったら大東亜戦争を知っている。現代のマスコミが、特攻隊や、兵役や、軍部や、当時の貧困や、市民を巻き込んだ空襲や、終戦の日についてかなりいい加減なことを書こうとも、私には自分の眼に映った現実の記憶がある。もちろんその記憶は、万人が同じということはないし、この世のすべての出来事に関して、全ての人が同じような認識を持つわけはないのである。

しかし少なくともわずかな体験でもありさえすれば、私はマスコミの意見に取り込まれないで済む。私は新聞やテレビから知識を得ることは多いが、その論調にはしばしば流行に呑《の》まれて社会に迎合しようとしている姿勢が窺《うかが》われることも多い。そんな風潮の中で、自分の考えを保って流行に巻き込まれないでいるだけでも、確実にささやかな自由を手にし続ける手段にはなり得るのである。

学歴などなくても、学校秀才でなくても、高齢者は必ず、彼か彼女が生きて来た年月だけ余計に学んでいるはずだ。学んだ分だけ、人は必ず賢くなっているはずである。

しかし先日、私は新聞で悲しい記事を読んだ。今は不景気ということもあって、いかがわしい金儲《かねもう》けの話が巷《ちまた》に溢《あふ》れているが、それに簡単に騙《だま》されるのは、「若者とお年寄り」だというのである。若者はもともと愚かだということは多い。何しろ体験が決定的に足りないのだから、人を見抜く眼力もない。ことに最近は本を読まないから、愚かさを修正する方法も知らないままだ。私の知人の老人は、「ワカモノ」という時、わざとなまって「バカモノ」と聞こえるように発音している人さえいる。

騙される典型は、投資したお金が一年で倍になる、というような手の詐欺にひっかかることである。うまい話に騙されて大金を失った高齢者が、「ばかだったた。ほんとうにばかだったのよ」と投げやりな口調で言っている光景はテレビで見たことがある。

何十年も生きて来たことのよさは、この世にうまい話などないということを一瞬で認識できることのはずだ。それにたとえ大金を儲けても、使う時間も残り少ない。もちろん騙される人は差し当たりの生活苦とか先ゆきが不安だとかいう理由で、「うまい儲け話」に乗ったのだろうが、既に高齢であれば、これから先そんなに長く生きなくても済むのだから、先行きなどを不安に感じなくてもいいはずだ。

年とった人々は、はっきり言って現在の社会でほとんど尊敬を払われていない。それは社会の中で当然備えているはずの賢さを十分に発揮している人が多くないからだ。どうしてそうなのか、なぜ生きてきた証を晩年に十分に発揮していないのか、私は改めて考えてみたいのである。

砂漠の快適生活

その存在が、自然でおもしろく、輝いて見える人間というものは、やはりさまざまな意味で、自立している人、個人で毅然《きぜん》として生きている人である。

理由は簡単なのだ。もし誰でもいいが、その人が誰かの世話になっていると、どうしても他人の生き方の趣味が加わってしまうから、その人は一体どういう人なのかわからなくなるのである。

晩年に美しく生きている人というのは、できればごく自然に、それができなければ歯を食いしばってでも、一人で生きることを考えている人である。人は朝起きてから寝るまでそれぞれの癖がある。朝起きたら、歯を磨くものだ、と私は教えられて育った。しかし世の中には、実に変わった人もいるのだ。まともに教養のある日本人でも、朝歯など磨かない、と言っている人に出会ったことがある。終戦以来、顔を洗ったことがない、と言っている作家もいた。どうでもいいだろう。その人とキッスや頬《ほお》ずりをする運命になっている人だけが、相手が歯を磨かないことや顔を洗わないことについて何か言う資格がある。

今手元に正確な資料がないのだが、ヒンドゥ教徒たちは信仰によって、歯を磨いていい日と悪い日があったはずだ。つまり新月から数えて何日目は磨いてもいいが、何日目は悪い、というようなルールである。

私は五十二歳の時、親しい男性の友人たちと、ラリーではなく、国産の四輪駆動車二台で、サハラを縦断した。ゆっくりと砂漠を味わいつつ、しかし全く人の姿もない砂漠で野営しながら、いささかの危険も常に視野のうちにいれながら、アルジェリアのアルジェからコート・ジボアールのアビジャンまで、約四十日かけて抜けたのである。

その間に一千四百八十キロの、全く水の一滴もない地域がある。水がないから一人の住人もいず、家畜の姿も見えない。砂漠の周辺ではつきものの執拗《しつよう》なハエも蚊もいないから快適なのだが、井戸もガソリンスタンドも、何一つないところだから、ここを抜けるのが何より危険なのである。

恐らく私たちが走ったルートの一部はいわゆるパリ・ダカール・ラリーにも使われている土地だろうと思うが、パリ・ダカの方は、早く駆け抜けるという運転の技術が要る。しかし砂漠で遭難する危険はない。その日の宿泊地に着かなければ捜索隊がでるだろうし、宿泊地には水もガソリンも用意されている。ベッドも食事もできているだろう。

しかし私たちの走行は、水とガソリンを自分で持って走らねばならないところに難しさがある。私たちが日本から特注で持って行った二台のニッサン・パトロールの車内には、それぞれ二百リッターの長距離トラック用のガソリンタンクが設置され、その他に二十リッター入りの軍用ガソリン缶を五本ずつつけていた。水は一日二日切れても人間は何とか生きているが、ガソリンは切れたらそれが命取りになるから、私たちの意識の中には「水よりガソリン」の選択がはっきりしていた。

一滴の水も出ない一千四百八十キロを乗り切る約五日間だけは、私たちは生活を変えた。それまでは皿を洗っていたが、その時だけは私たちは紙皿を使うことにした。もちろん歯も磨かず顔も洗わず一度も着替えなどしなかった。辛かったでしょう、と人に言われたが、実はこれほど爽快《そうかい》なことはなかった。歯を磨かず顔を洗わないとどれほど時間に余裕が出ることか、私はその時初めて知ったのだ。もちろん、着替えをして洗濯をするということもなく、風呂にも入る必要がないのだから、それらのことに費やしていた少なくとも一時間近くの時間を私は完全に自分の手に取り戻したのである。

これを日本でやることを、私は決して勧めない。砂漠でそれが可能なのは、極度の乾燥のおかげなので、湿気の強い日本の生活で同じ試みをしたら、気持ちが悪くてたまらないだろう。

しかしその時ほど、私は自分の時間を、自分が大切だと思うものに使ったことはなかった。私は眩《まぶ》しくて眠れないほどの月光を浴びながら、ヘッドホンで音楽を聞き、炭鉱で使われるようなヘッド・ランプの光で、一日分の綿密な記録を付けた。いつ遭難するかしれない、という微《かす》かな危惧《きぐ》はあったから、事故があっても、理由を類推できるようにしておこう、という意図である。もっとも私たち六人が全員死んでしまったら、事故の原因などわかっても仕方がないのだが、一番砂漠を知らない私が、一番年上だというだけの理由で名目隊長になっていたのだから、その義務はあるような気がしたのである。

私個人の周囲の事情を考えてみれば、この旅に出るまでにやはり世間の非難がなかったとは思えない。夫をおいて二カ月も砂漠に出てしまう。しかもそれはいささかの危険や困難と繫《つな》がりがないとはいえない旅である。私は遠征のための主な費用を出した。男性の作家なら毎日のように日が暮れれば銀座のクラブか駅前の赤提灯《あかちょうちん》へ行って、後の時間を楽しくお過ごしになる。考えてみれば一人で仕事を続ける作家の心理的圧迫というものは、そのようにして解消して行かなければならない程度のものかも知れないのである。

しかし私はそんなお金を使ったこともなかった。踊りのおさらい会にお金をかけたり、着物に凝ったこともない。原稿料をもらうようになって三十年目に、私は初めて一千五百万円のお金を自分勝手なことに使うことを家族に許してもらったのである。いや、許してもらう、という言い方も私の家では不自然であった。私は許してもらった覚えもないが、当然の権利だと思ったこともなかった。夫や息子の前で「お金かかるけど、ごめんなさい」と言ったのである。夫と私は他のことではよく喧嘩《けんか》はしたが、お金のことで言い争いをしたことだけはない。その理由は、よくわからないが、お金に関するけちの度合いだけが二人共よく似ていたということはできるかもしれない。私たちはお金の使い道を隠したことがない。ばかなことに使っているなあ、と思われることはあっただろうが、それで私が機嫌よくして楽しいと言っていれば、その方が病気をされたり家中がインインメツメツになるよりましだと、夫はずるく計算したのかもしれない。

理屈っぽく言えば私が使うお金は私が働いたものである。だから私の好き勝手に使う自由と権利はあるだろう。しかして私は、「自由」はまだしも「権利」などという言葉をこの世で使いたくなかった。生きる権利、就学の権利、などといろいろ言うけれど、すべてそんなことが現実問題として出来ない社会情勢、経済状態の中で生きている人がこの地球上で何十億人といるのに、日本人のいい年をした大人たちまでが、まるで世界中がそんなことができるかのような感じで、そんな甘い言葉を使って物事を考えているのである。

かねがね私は自分と夫のお金に関して、英語で早口言葉を作って考えていた。「マイ・マネー・イズ・マイ・マネー・ヒズ・マネー・イズ・マイ・マネー（私のお金は私のもの。彼《夫》のお金も私のもの）」というのである。夫も同じような考えをすれば、おあいこで男女同権になるわけだから。

息子は私がそういう冒険にお金を使うのは大賛成だ、と言った。彼はその後結婚したが、やはり妻の心が豊かになることに金を惜しんだりしたことはないように見える。

五十二歳というその時の私の年齢を、私はどう考えるべきだったろう。私は若くもなく、年寄りでもない、と認識していた。今から考えると若いものだが、世間はもう当時から五十二歳はサハラを縦断する年齢ではない、と考えていたようだった。私は自分の役目を見極めていた。私の役目は（カネモチだから）金を出すこと。（砂漠向きの手抜き料理なら極めてうまいから）炊事をすること。（二種免許を持っていてもう三十年近く運転していたから）むずかしくない平坦《へいたん》な道をただ長い時間運転すること。（少し名前が知られていたから、話が通りやすいので）大使館などの挨拶《あいさつ》に行くこと。そんなものであった。

自分ができることだと思えばしたらいい。それだけのことだろう。私が旅先で病気をしないこつは、少しだけ利己主義な生き方をしているからだ。人がお酒を飲んでいる時でも「お休み」と言ってさっさと寝てしまい、「つきあいの悪い奴《やつ》だ」と思われようが「あの人も年取った」と言われようが、全く意にも止めずに自分のペースを守っている。私はもう若い時から夜は早く寝て朝は夜明けと共に活動を始める野生動物型なのである。

旅先で病気をしないのは、一にも二にも夜早く寝るからなのだ。私は睡眠時間が少なくていいのだが、それでも旅行中は修道僧のような禁欲的生き方をする。

最近はっきりわかったのだが、私の場合、旅行は遊びではなく、本能的に一種の取材活動になっているのである。と言うと遊ぶ気にもならず仕事ばかりするなんて気の毒ですね、と言われそうだが、取材は遊びよりはるかにはるかに深くものごとを知ることだから非常におもしろいのである。私にすれば、せっかく旅行に行きながら、夜遊び過ぎて寝不足し、昼間バスの中で眠りこけているほどむだなことはないように思える。そんなことをしていたら、バスの車窓から眺めて知るべき多くの部分を見失う。

サハラの旅は一見、差し当たりの目的もない、私の情緒的・恣《し》意《い》的な旅のように自分でも思っていたが、その後、私がアフリカや中近東の乾燥地帯に度々入り、更にそれらの土地を深く知る上で、実に決定的な基礎的知識を養ってくれたのである。

世間は少しでも常識的でないことにはさまざまな批判をする。「普通と違う」ということだけで、非難の口実になる。しかし自分の人生、自分の時間は頑《かたく》なまでに、自分で管理しなければならない。その行為が、殺人、放火、窃盗、詐欺になるようなことでなければ、そしてまた家庭がある人だったら家族が裏切られたと感じたり、ひどく嫌ったり、家庭の経済の基本を根底から揺るがすようなことでないなら、世間や他者が陰でどんなことを言おうと、したいことをさせてもらって生涯を全うしなければならないのである。

よく再起不能と思われる病人が、「シルクロードの旅ができてよかったです」などと、元気だった時の自分を思い出していることがある。私が毎年同行しているイスラエルなどの聖地に聖書の勉強をしに行っている障害者や高齢者などのグループの中には、重度の身障者も多いが、そんな人を砂漠の放牧民のテントに泊まらせた後で「僕は砂漠の星を見ました。生きて砂漠まで来れるとは思わなかったです」などと言ってくれるのを聞くと、ほんとうにそのような旅のお手伝いができてよかったと思う。

何歳で死のうと、人間は死の前に、二つのことを点検しているように思われてならない。一つは自分がどれだけ深く人を愛し愛されたかということ。もう一つは、どれだけおもしろい体験をできたか、である。それが人並み以上に豊かであれば納得して、死にやすくなる。

「分相応」の美

　前章で私は、人間の自立ということの大切さに触れた。自立とは、その人が生きている社会形態の中で、ともかくも——よろよろでもいいから——他人に依存しないで生きることである。

　少なくともこれは、もはや子供ではない、と言われる年ではなくなっている人すべてに課せられた任務である。もちろん病気だったり、機能に障害のある人はこの限りではないことは言うまでもない。

　生きる限り、自立の能力を保つことは、しかし口で言うほど簡単なことではない。私の母は俗に言う働き者だったが、一夜にしてまっすぐに歩けなくなり、精神的な能力もすっかり衰えてしまった。脳軟化と言われる症状が起きたのである。だから、私は今日の自分がどうやら昨日と似たような行動が取れるのは、幸運以外のなにものでもないと思って毎日暮らしている。私は日本人の平均寿命を生きて死ぬまでに、後十数年あることになっているが、毎晩一言だけ神さまにお礼を言ってから眠ることにしている。祈りは怠け者の私のことだから、数秒しかかからない短いもので「今日までありがとうございました」というのに決めている。もっと長く祈る時もあるのだが、途中で眠くなったり、注意散漫になる時もあるから、最低線を決めたのである。明日にも私の体に異変が起きて、思考や運動が不自由になるといけないから、今日までのところでお礼を言うことにしたのである。

もう私の年でも、重い物を持てるとか、二十時間ぶっ続けに仕事ができる、という能力はなくなった。しかし自分のことはまだ自分でできる。少し無理なことでも、才覚で可能にする狡《ずる》さも知っている。

しかし最近の高齢者の中には、依頼心の強い人が目立つような気がするのは、私だけなのだろうか。つまり時代がいいのであろう。年金をもらう年になったら、もう遊んでいてもいい。外へでれば、人に何かをしてもらっても当然だと考えて、平等に働いたり参加者の義務を果たそうとはしなくなったのである。駅に行けば、同行者が切符を買って来てくれるもの、と頭から思っている高齢者はよくいる。できたら、あのややこしい切符の自動販売機の前で一瞬緊張したくないのである。

乗るべき電車は何番線から出るのか、自分で探そうとしない。老眼鏡か、近眼鏡か、とにかく眼鏡を出すのが面倒で他人の目玉を使おうとする。

列車に乗り込むと、同行者に「席はどこ?」と尋ねる。「お弁当はどうするの?」「着くのは何時?」「降りてから何に乗るの?」とすべて質問攻めにするのは、老年であることを一つの特権と考えているからである。

これらのことは、日本字の読める普通の日本人にはすべてできることばかりである。自分の切符を相手の鼻先につきつけて席はどこかと尋ねるのは、やはり老眼鏡を取り出して座席番号を読むのが面倒くさいからにほかならない。人を使うということは、基本的に無礼なことなのである。

着くのが何時か知りたい気持ちは、私にもよくわかる。夕食までに温泉に入るだけの時間しかないのか、それとも町を少し歩ける時間があるのか予定を立てるのも一つの楽しみなのだ。そのためには、旅行前に自分で小さな時間表を買って来て眺めると、また別の楽しみを味わえる。

お弁当はどうするの？　という質問は極めて女性的である。そもそも食欲というものは、自分が一番よく計測できる。自分が食べたければ、私は欲しいので買って来ます、と言うのが普通なのだ。「どうするの？」という日本語には「あなたが私の分のお弁当を買って来てよ」というニュアンスが含まれている。

それなら、「何でもいいですから、お弁当を買って来て頂けますか？」と頼む方がずっとフェアだというものだろう。こういう人は「どういうお弁当がよろしいですか？」と聞くと、たいてい「何でもけっこう」と答えておいて、後で「幕の内よりとりめしの方がよかったわね」などと言うのである。私など、食いしん坊だから、一食でも選択を人に任せられない。

年を取ったら、できないことがでるのも当然だ。階段の昇り降り、駅のアナウンスを聞き取ること、ホテルの荷物置きの台に裏返しに置かれたカバンを正当な位置に置き換えること、滑りやすいホテルのバスタブを使いこなすこと、それぞれにむずかしくなる人が出る。腕や足に力がないと、これらすべてのことが危険になることも多い。

その場合、解決はやはり人手を借りること以外にない。高い所にあるシャンデリアの切れた電球を取り替えてくれるロボットはまだ発明されていないからである。

解決の一つの方法は、あらかじめ照明器具そのものを換えてしまって低い所で簡単に電球を取り外しできるようにすることだ。私の家では、かなりその方法で、生活の単純化を図っている。

そうでなければ、便利屋さんや電気屋さんなど、それを当然の商売としている人に、手数料を払ってやってもらうことである。もっともこんな半端仕事は、ほとんど儲けにもならないだろうが、まあ、仕方がないから損にならなければ年寄りは労《いたわ》ろう、という気持ちでやってくれる人もいるかもしれない。それにこれからのお客は老世代たちだ、ということがまもなく世間に浸透するだろうから、いっそのこと、こうした仕事を商売として成り立たせようと計画する人も出るかもしれない。いずれにせよ、頼み事はきちんとした商行為に乗せることだ。

しかし自立心を失った世代の人々は、なんとかして人の好意か厚意にすがろうとする。お金がないわけではない。相当のお金を持っている人でもそうである。それよりもっといけないのは、病人や高齢者は、それくらいのことをしてもらうのは当たり前だ、という気持ちが、多くの人にあることである。

「ちょっと乗せて行ってよ」

「ついでに買って来てくださらない？」

「今度行く時、私も連れて行って頂戴《ちょうだい》」

「どうぞ」と言われない限り、車に便乗しようと思ってはいけない。ましてや迎えに来いなどという含みを持つ要求をしてはいけない。たとえ片道十分のところでもその人は二十分早く家をでなければならないことになる。まだ働いている社会人にとっては、それが負担になることは往々にしてあることなのである。

ついでに買って来い、というものは何なのか。デパートなら、人込みの中を、売り場を探して歩かねばならない。近所のコンビニでミルクを買えというのなら、売り場を探して歩くことはないが、牛乳一箱は一キロあるわけだから、その人の買い物の目方の上に、さらに一キロの重さが加わるわけである。五十代、六十代の人でも、この一キロが堪《こた》えるという人を私は何人も知っている。

映画でも芝居でも旅行でも、連れて行ってほしいという人は、他人とほぼ同じテンポで、ほぼ同じ距離をどうにか歩けなければならないだろう。途中で何度も休むことを要求したり、すぐトイレを探したり、途中で体の調子が悪くなる恐れがある時は、同行者がその度に心をいためたり予定を狂わせたりするわけだから、迷惑がかからないように、他人と同調せず、自分のテンポで旅のできる身勝手な旅行を計画したらいいのである。或《ある》いは、看護をする専門の人を付き添いに頼んで、旅行を楽しめばいいのである。

一般論として、少しお金のある高齢者は、自分の面倒を見てくれるという人に必ずきちんとお礼を払って、契約して来てもらうべきだろう。旅行に行きたくても経済的に行けない人は、世の中にたくさんいる。そういう人は、年上の人が、旅費を払ってくれ、その代わり荷物を持ったり、切符を買ったり、老眼鏡をハンドバッグから出してあげたりする手伝いをしますと初めからきちんと約束して行くなら、文句を言うどころか、旅行に行けることを喜んでくれるだろう。商行為は誰でも納得してするのである。老人に対するサービスだけ、商行為であっていけないわけはない。

とは言っても、私は、すべての人間関係をお金で片づけるようにと言っているわけでは決してない。私たちはいつも必ず人の優しさを受けて生きているのである。だからどちらかと言うと、私たちは受ける方が必ず多いのである。

それではお金がなかったらどうする、と聞く人もいるだろう。その場合には、旅行も外出も観劇も諦《あきら》めるのだ。そんなことは、世界中の誰もがやっていることだ。しかし今の日本には、こういう発想がないし、私がこう言うだけでも怒る人さえいるだろう。誰でも平等に遇されるのが人権だということになっているから、お金がなくても、お金がある人と同じようにできることが、日本では今や平等であり、正義にすらなって来たのだ。

しかしそんな世界はこの世のどこにもない。人権は基本を保障するだけだ。生きることと初等教育を受けること、くらいである。しかしイラクでもアフガニスタンでもアフリカの多くの国でも、それさえも満足にできない国はいくらでもある。食物だけでなく水も不足、戦乱や貧困で教育も続かず。識字率も一向に上がらないという国は、世界中で決して珍しくはないのである。

自立はむしろまず経済から始まる、と言ってもいい。自分が一人でできないことには、人を頼んでお金を払わねばならない、という原則を認めることだ。それができない時には、したくても我慢し、諦め、平然としていることだ。

庇護《ひご》される子供は、かわいい存在だが、決して自立してはいない。子供の人権宣言などおかしな話だ。人権にはさまざまな義務も判断の上の抑制もつきまとう。人権を言う場合には、最低限自己決定の能力がなければならない。子供には無理なことばかりである。

しかしたいていの子供は、人権とは質の違うもっとすばらしいものをもらう。かわいがってもらう、愛される、という最高の贈り物を与えられるのである。「分相応」を知るということは、生きて来た者の知恵の一つである。逆の言い方をすると、すべてしたいことをして生きて来た人など、一人もいないのだということを体験的に知るのである。若い時には、社会の上層部にいる人は、どんな栄耀栄華《えいようえいが》を欲しいままにしているのかと思う。偉い人たちはしたいことだけして、いやなことはしなくていいのだろう、とさえ誤解する。

しかし晩年が近づくにつれて、私たちは誰でも利口になる。私は議員にも大臣にもなったことはないが、今では偉い人ほど好きなことができないことを知っている。衆人環視の中で、あの議場に詰め込まれてずっと坐《すわ》っていたり、大臣になってどこへ行くにも制約を受けることが、どれほどうっとうしいか、今ではよくわかるようになった。

私たちは自分のお金で好きな時に好きな所に行ける。嫌な人に会わねばならない時もあるが、たいていの時は会いたい人にだけ会っていられる。多くの場合心にもないことを口にしないで済む。非人間的なほどの忙しさに苦しまない。それもこれもすべて自分の小さな力の範囲で「分相応」に暮らす意味を知ったからである。

その釣り合いがとれた生活ができれば、晩年は必ず精巧に輝くのである。

人生の薄日

私は、計画から完成まで全く一人で行う小説家という仕事をして来たので、組織については全く知らないという自覚と共に暮らして来た。思いがけない成り行きから、組織の中に入れてもらったのは、六十四歳の時であった。ただ、私は若い時から、小説のためにずいぶんおかしな勉強をして来て、まったくの偶然なのだが、船のことも、ハンセン病のことも、途上国援助のことも、素人としては深入りしていたので、日本財団という組織に「無給の就職」をした時も、かなり役に立った。

取材を通して外から仕事を覗《のぞ》かせてもらう機会には時々組織の中の、おもしろい悪口を聞いた。

「あの人は象の体に、ノミの心臓」

というのである。つまり気が小さいということだ。

これは実にばからしい視覚的矛盾なのだが、体の大きい人ほど気が小さく見えるのだろう。小柄の人なら小心でも釣り合いが取れるのに、大きい人の決断がちまちましていると、何となくこっけいなのかもしれない。

私も昔人間としては体が大きかった。母がこんなに背が大きくては嫁の貰い手がない、と人にこぼしていたのを覚えている。百六十五センチは今ではざらだが、当時はかなり可愛げがなかった。人間体が大きければ、戦場では弾に当たる率も多いだろうから、必要以上に体を縮めて塹壕《ざんごう》の底にうずくまり、突撃する時だって一番後からのっそり出て行くんだろう、と私は頼まれもしないのに「象たち」に同情を禁じ得なかった。

一般に勇気がないということは、つまり自分が得ているものを失わないようにしようという保身の姿勢を表している。もちろん私も人並みに気が小さい。家計費（つまりちょっとしたお金）を入れた財布をどこかに置き忘れたというだけで、何日も落ちつかなく家中を探し廻っている。

しかし最近は確かに少しキモが据わって来たと思うことがある。それは、私が晩年を生きているからなのである。

もう先が見えたのだ。私は女優ではないが、小説家として感情移入が激しいから、火葬場に行けば、自分が焼かれる日を想像している。旅に出る前には、考えられる限りの悪いことを予想する。

行刑改革審議会の委員として刑務所を二カ所見学した時には、ずっと受刑者としてそこにいる自分を想像していた。日本の刑務所では、受刑者は週に四十時間は作業に出なければならないという。最近は不況で、彼らに適した仕事を見つけて来る苦労もあるらしい。私自身は働かないで独房にずっと座らされていたら、気がおかしくなるだろう、と思うが、すべての受刑者がそうなのではなく、作業を、強制労働で人権侵害と感じる人もいるのだという。

刑務所では日溜《ひだ》まりの一隅に、かなり高齢の受刑者の一グループがいた。私たち余所者《よそもの》の姿を見ても顔をそむけようともしない。町の老人会の寄り合いのようなのんびりした光景である。中には最高年齢八十二歳、入所回数三十六回、という人もいるそうで、刑務官たちも、高齢の受刑者になると、彼らが社会に出て行っても、もう受け入れる場も経済力もないことに苦渋している。いいことか悪いことか知らないが、つまり彼らにとって刑務所が安住の地になってしまったのだ。さりとて、刑務所を無料の老人ホームにされては、税金を払っている我々にすれば釈然としないものがあるのである。

晩年に入って、先が見えるということは、失って困るものが次第に少なくなって来たということなのだ。命、お金、評判、地位、名誉、知能。他に何があるのか私にはわからないし、もちろんそのどれも失うよりは持っていた方が多分いいだろうとは思う。もういつ死んでもいい、と言っている人ほど、再起不能の病名を告げられるとがっくりするというから、私はそういう強がりだけは言わないようにしている。

若い時には、死ぬまでにいくらお金が必要なのか見当もつかないのでほんとうに困った。息子が浪人すれば教育費が確実に百万単位で増える。家が火事になったら、夫が入退院を繰り返すような病気をしたら、というような心配も尽きない。親の世代もどのような健康状態でどれくらい生きるかわからない。

我が家でも、若い時はさまざまな予定を立てたものである。私の家では、夫の両親と私の実母と、三人の老人が、一応屋根だけは別の家で、一つ敷地の中で暮らしていた。私の父は母と離婚したので、後妻さんと別な所にいた。夫の両親の家は昭和初年に建てた古家。私の母がいたのは六畳一間にお風呂とトイレがついただけの離れ。そして母屋の私たちの家。三軒がひさしが擦れ合うようにくっつき合って建っていた。

夫は或る時期から時々、後十年経てば三人の老人のうちの一人や二人は死ぬだろうから、その時はどういうふうに住まいを統合して、まとめて面倒をみるか考える、というようなことを口にしていた。しかし間もなくそのようなことを全く言わなくなった。なぜなら三人とも、全く予定外に、当時の日本人の平均的な寿命よりはるかに長く生きてくれたからである。私の母は八十三歳、夫の母は八十九歳、夫の父は九十二歳の天寿を全うした。三人とも自宅で息を引き取った。そして私たちの飼っていた「ボタ」という器量の悪い雑種の猫も、確実に二十二歳は生きて或る日家の出窓の下で死んだ。人間の年齢に換算すれば、確実に百歳以上生きたことになる。予定というものはつまり立たないのであった。

「ボタ」まで長生きしたことを、私は私たちの住んでいた土地の「風水がいいせいだ」ということにした。実は私は今はやりの風水など信じたことはなかったのだが、姑《しゅうとめ》にせよ、実母にせよ、普段から丈夫とは言えなかった人たちが心不全と老衰で亡くなるまで長生きしてくれたのをみると、人間の力などいっそう無力に思えて来た。人間が生涯の設計を計画するなどということは不可能に近い、むしろ思い上がりだと思うようになったのである。

晩年の便利さは確かにある。晩年になれば、仮に百歳まで生きたとしても、年間いくらずつお金を使って死ねばいいという計算ができるようになる。こんなことができるなんて、若い時は考えてもみられなかったことなのである。

しかし私は、そちらの利点に軸足をおいて語る気にはなれない。晩年の良さはむしろ、もうどんなにひどい世の中になっても、それほど長く生きていなくて済む、ということなのだ。

私は時々夫に「昔もこんなにひどかった？」というような聞き方をすることがある。私は記憶が悪くて終戦前のことなんかもうほとんど覚えてもいないのに、五歳半年上の夫は非常にもの覚えのいい人で、小学校の六年生くらいから、もう精神分析のことも、刑法のことも、大東亜戦争の経過のことも、アメリカの映画のことも、貧しい暮らしのことも何もかもよく覚えていたからである。

しかし夫はいつでもおもしろそうに「ああ、そうだよ。問題がなかったことなんてないさ」と答えるのである。

今日本が、イスラエルとパレスチナのように、復讐《ふくしゅう》のために自爆テロを繰り返すような状態だったら、私は耐えられるだろうか。今日本が北朝鮮のような恐怖政治と貧困のただ中にいたら、私は何を目標に生きるだろう。今日本がアフガニスタンかイラクのような部族の対立の中にいたら、私の欲望はどんなになっていたろう。

しかしどんな場合でも、晩年というものはすばらしいものであった。たとえどんなにいやなことがあっても、晩年ならそんなに長く耐えなくても済むからであった。

この悲観的な見方は、私の生来のものであった。或いは私は幼児期から青春にかけて辛い生活を送って来たので、死を解放と思う癖がついたのかもしれない。

何が悲惨と言って、もし死ぬことができない、という人間がいたら、それほど惨めな運命はない。私は或る時、ギリシャ神話に詳しい人に、「ギリシャ神話はあらゆる人間関係の悲惨を書いていますけど、刑罰として死ぬことを許されなくなった人物というのは出て来ないのですか？」と聞いたことがあった。すると不死を与えられた人たちはいるが、それは肯定的な意味であって、否定的な意味や、罰則としての不死はない、ということだった。（それで私はいつか、

どんなに苦しくても死ぬことが許されなくなった神を題材に、偽ギリシャ神話を一つ作りたいとは思っている）

アトラスは天空を支えていなければならない巨人神だが、この手のだるくなるような仕事をいつまで継続しなければならないのかは明示されていない。毎日大鷲《おおわし》に肝臓を食べられ続けるプロメテウスも、次の日までにはまた肝臓が再生して生き続けねばならない。しかし人間の晩年は、もうそれほど長く辛い思いをしなくてもよくなっている。それは何という解放と優しさであろう。

五十歳を目前にして、私の両眼は、中心性網膜炎と白内障のためにすっかり暗くなった。先天性の強度の近視があったので、恐らく眼底も荒れていて、白内障の手術の結果も大して期待できない、という考え方もあった。

その頃の私の眼は、どんなに灯《あかり》をつけても暗かった。

「ねえ、この部屋暗いでしょう？」

と私はしきりに夫に尋ねたが、夫は「そんなことはないよ」と言う。私にはもう光というものがほとんど感じられなかった上、すべてのものは、暗がりの中で三重にずれていたので、私は発狂しそうになっていた。

生きてこの眼でもう光を見ることができないのだな、と私は思った。すると呼吸も苦しくなった。私には生来の閉所恐怖症もあったので、視力を失うことが生きながら埋められるようで何より怖かったのである。

その時の私の唯一の慰めは死であった。私は理由もなく死んだ瞬間から私の眼は再び見えるようになる、と信じていた。そのためには、死もまた一つの確実な希望であった。

よく人は、老年は先が短いのだから、という。その言葉は願わしくない状態を示すものとして使われるのだと思う。しかし私はそう感じたことがない。もう長く苦労しなくて済む。もう長くお金を貯めて置いて何かに備えなければならない、と思わなくて済む。もう長く痛みに耐えなくて済む。晩年はいいことずくめだ。晩年には、人生に風が吹き通るように身軽になる。晩年には人の世の枷《かせ》が取れて次第に光もさしてくる。

ギリシャ神話では、人間の命はクロト（つむぎ手）、ラケシス（配り手）、アトロポス（切り手）の三人の姉妹である運命の女神たちによって決められることになっている。ゼウスがまず一人一人の人間の生命の重さを量ってそれを姉妹に告げる。するとつむぎ手《クロト》が命の糸をつむぎ、配り手《ラケシス》がその長さを計り、切り手《アトロポス》がその糸を断ち切る。気まぐれなゼウスが時々自分のお気に入りの人物には少しだけ長い命をやることもある。しかし通常はこの三姉妹が毎日黙々と人間の生涯をつむぎ、計り、切る仕事をしているという。その長さを、人間が知らないだけなのである。

たった一度の後始末

私は政治には全く興味がなく、経済に関してはお金が大好きなだけで、デフレ対策や、日銀の金利についての記事など読んでもほとんど理解していない。しかし不景気でものが売れなくなった、というような話を聞くと、「そうでしょうよ」と思う。経済の原則を理解しての話ではないのだ。一時期の日本人が、やたらにものを買いまくって、その貯金ならぬ「貯物」がなまなかでない量になって各人の家やマンションの部屋に堆積《たいせき》している話を身近でよく聞いたからである。

私自身も決してこの流行の埒外《らちがい》ではない。今さら、このセーターやブラウスを買わなくても生きていけるのに、と思いつつ、それでもこの方が着易そうだとか、この色があるとスーツが明るく見えそうだなどという理由で恥ずかしいほどの数を持っていて、しかもなかなか捨てない。ただ私は整理の楽しさも知っているから、どうしても箪笥《たんす》に入らないほどは買わない。しかし世間には、もしかすると一生着きれないほどの数の服を買い込んだ人がたくさんいる、という話をよく聞いた。若い勤め人の女性が、何十枚というカーディガンや、服や、スカートや、スラックスを持っているというのだ。

「しかもですよ。そういう人たちは、買って来ても包みを開けないんです。デパートの紙袋のまま、部屋の隅に積み上げてあるんです」

その人の話によると、だから狭い部屋の中は、仕切屋さんの倉庫のようになっている。部屋の中には細い曲がりくねった道が一本残っているだけで、後は出水の日の川岸の土嚢《どのう》のような姿で紙袋が積んであるのだ、と聞いて私はわけがわからなくなった。

「じゃ、何のために買うんです？」

と私は素朴な質問をした。

「いつか着る、ということでしょうね。とにかくほとんどバーゲンで買って来るんです。中には、今はサイズが小さくて着れない、って当人が言ってるのも入ってます。しかしそのうちに必ず痩《や》せて着てみせる、って、言うんだそうです」

その人はその話を、その娘の父親から聞いて来たようだった。父にすれば、無駄をするな、部屋を片づけろ、と言いたいところだろう。しかし何しろ娘は働いて稼いでいるのだ。ろくろく部屋代も食費も親に納めないから、一家の中で娘が一番自由になる金を持っている。自分で稼いで来たお金で何を買おうと自由でしょう、と言われると、最近の父親は一言も言えない。

若ければそれでいいんだな、と私は思う。その娘さんは、まだ死ぬことなど考えたこともない。七十年先の死なんて、永遠に来ないも同然だ。だから買って買って買いまくる。これはつまり、自分が管理する物を増やす、ということに恐れを抱かない状態である。

しかし晩年にはそれが不可能になる。晩年とは老人であろうと若かろうと死の近づいた人が迎えるものだが、その時には、もうものの管理ができない状態になっている。

最近はすっかりよくなったのだが、私も一時腰痛に悩んだ時期があった。私は料理が好きで、三十分ほどワープロに向かうと、必ず立ち上がって台所に料理をしに行く。夫に言わせれば、集中力がないのである。しかし腰痛にはいいことだ、と整体の先生には褒められた。どうせ凝ったものなんか作ることはないので、ブリ大根とか、身欠き鰊《にしん》の煮つけなんかを煮ているのだが、腰痛時代には、何が辛いと言って、流しの下の棚に納めてあるお鍋を屈《かが》んで取り出すのが辛くて堪《たま》らなかった。あまり屈むのが辛いと、料理そのものをやめようかと思う。怠惰な私は、その時、鍋をしまうことを止《や》めた。醜くても棚の上にずらりと並べて、いつでも適当な大きさのを取り出せるようにしたのである。

腰痛に悩む人だけではない。咳《せき》、節々の痛み、視力の低下、手足のむくみなど、その人なりの不自由を感じている人は実に多い。その時、だれもが、私のような工夫をする。自分ができるように、按配《あんばい》をする。按配とは古い言葉だが「加減」という意味で便利な言葉だ。

按配の方法は、その人の数だけある。昔インドに行った時、山の上にお城が見えた。「どなたのお城ですか?」と聞くとマハーラジャのお住まいではなく、財物を入れておく倉庫だという。インドの大王さまがどんな財宝をお持ちか想像もできないが、金銀のお皿、宝石をちりばめた馬具や象具(こんな言葉はないのだろうが)、宝石、珍しい時計、宝石で象嵌《ぞうがん》された武具、綾錦《あやにしき》、など、歴代のご当主が集めたコレクションがあり、それを保管することも一つの任務なのだろう。しかも多くの人たちがそこで働くことで食べているのだから、これは企業としても失業対策としても、大切な事業だと思われる。

人にはそれぞれ、自分の器に合った暮らし方がある。器とは普通器量や才能のことを言うが、その他にも運命的なものや、性格から来るものもあると思われる。鎌倉初期の一二一二年に書かれた『方丈記』の作家・鴨長明は、日野山に方丈の庵《いおり》を作った。方丈は約畳四畳半くらいの面積である。そこに暮らしてこのエッセイを書いた。インドのマハーラジャとは正反対の生き方である。

私の周囲には屁理屈《へりくつ》や奇妙なリアリズムを愛する人が多いので、『方丈記』の話が出ると「鴨さんは、本はどこへおいたんですかね」などと聞く。蒲団《ふとん》を敷いて小さな文机《ふづくえ》をおいて、濡れてもいい茶碗なんかは軒先、つまり家の外に放り出しておいて、竈《かまど》も外、茶碗は近くの小川で洗っていたんだろうから、台所なんかなくても平気。厠《かわや》も外。すべてその辺はわかるとしても、濡れてはいけない大切な本はどこにおいたんだろう、と心配するのである。全く本というものの扱いだけは、今でも私が苦慮しているものだ。

この無常を主題にした書物を書いた時、鴨長明は「五十八歳」ということになっているから、もう当時の晩年になっていた、とみるのが普通だろう。

鴨長明は一一七七年の京の大火についてふれている。約三十五年くらい前のことで二十三歳の時の体験になるはずである。その時の火の廻りの早さについて、

「空には、灰を吹き立てたれば、火の光に映じて、あまねく紅なる中に、風に堪へず、吹き切られたる焔、飛ぶが如くして一二町を越えつつ移りゆく」

と書いている。前代未聞の恐ろしい光景だったのだろう。これが鴨長明の原体験だったと言えそうである。その時の人々の行動について鴨長明は次のよう

に書く。

「その中の人、うつし心（しっかりした意識）あらんや（あるわけもない）。或いは煙にむせびて、倒れ伏し、或は焔にまぐれて（気絶して）、たちまちに死ぬ。或は身ひとつからうじて逃るるも、資財を取り出づるに及ばず。七珍万宝さながら灰燼《くわいじん》となりにき。そのつひえ、いくそばくそ（その損害はどれだけのものだろう）。その度（その時）、公卿の家十六焼けたり。まして、その外、数へ知るに及ばず。すべて都のうち、三分が一に及べりとぞ」

この時の焼死者は数十人。焼け死んだ馬牛の数に至ってはわからなかった、という。焼死者がたった数十人かと今の人は言うだろうが、ぱらりぱらりとまばらに家の建っていた京の都で、数十人が一度に焼死するなどという惨事は想像もできなかったと思う。

私は約十万人が焼け死んだ一九四五年の東京の大空襲に遭ったが、住んでいる所が東京の西のはずれだったので、まだ焼死体というものを見たことがない。財宝も豪華な住まいも、人間の命そのものも、こんなにもあっさりと焼失するものだということを「見た」時、鴨長明は変わったのであろう。

その結果が、この方丈の庵であった。彼は心身共に、火が襲えばめらめらと燃えてしまうようなものを信じなくなったのである。生きていくための庵も品物も、約三メートル四方に収まるということを、鴨長明は悟ったのである。

若かろうと年取っていようと死は必ずやって来る。その前に自分が生きている間に得たものを始末していくことは、「帳尻を合わせる」ことである。その必要性を一番簡潔に書いたものは、旧約聖書の「ヨブ記」の中のヨブの言葉だ。

「わたしは裸で母の胎を出た。

裸でそこに帰ろう。(1・21)」

もちろん持っていけと言われても、私たちは死んだ後、何一つ持って行くことはできないのだが、自分の死までに自分が人生の途中で集め、楽しみもしたものを、すべて始末していくのがすがすがしい。私も六十歳を過ぎた時、これからの私の仕事は、まだ命があったら書きたい数本の長編と折々に思いつく短編を書くことと、それから私が集めたくだらないものをすべて始末することだと思った。しかしその作業を始めてしばらくすると、私は思いがけなく日本財団に勤めることになり、そのために予定していた作業はうんと遅れてしまった。しかしその意図だけは変わらずに残っていて、今の仕事から解放されたら、すぐにものを始末する作業にかかりたいと思っている。

その段階になった時、私は初めて、自分の母の賢さに気がついた。母はわがままな性格で、離婚したあとも一人娘の私を自分の支配下におきたいようなところがあったが、八十三歳で亡くなる数年前から、身辺の整理だけはみごとにやっていた。母は数個の指輪しか持っていなかったが、まずそれをすべて姪《めい》たちにやってしまった。和服は病院へ行くためのウールが二枚ほど、外に琉球《りゅうきゅう》紬《つむぎ》が二枚だけあったが、それは私が母に買って来たもので、「これだけは人にあげないでよ。後で私が着るんだから」と言っていたので、母は残しておいたらしい。草履も一足だけになっていたところを見ると、自分より若い方たちに何足もあげてしまっていたようである。さらに母は献眼を望んでいて、死後すぐに角膜移植のための処置がなされた。

母は私たちの住んでいた家の庭に、六畳一間にお風呂とトイレがついた離れを建てて住んでいた。母の死後、私は残されたものを始末したが、その整理はたった半日で済んだ。着ていた浴衣は、当時まだおむつとして使ってくださる施設があったし、後は全くボロとして捨てればいいだけのものしか残っていなかったのである。遺品の始末が半日で済むなどということは通常考えられない。これこそ子供孝行である。私の友人で、お姑さんの残したごみが一千袋あり、それを捨てるのに半年かかったという人もいる。

何もかもきれいに跡形もなく消えるのが、死者のこの世に対する最高の折り目正しさだと私は思っている。亡き人の思い出は、その子や孫が自然に覚えている範囲だけでいい。その人がこの世に存在したことを、銅像を建てたり記念館を建てて残そうとするのは、私の好みではない。

犯罪を犯して記憶されるよりは、悪いこともせずに済んで、誰からも深く恨まれることなくこの世を去っていけるだけで、この上ない成功である。晩年の義務は、後に、その人の記憶さえ押しつけがましくは残さないことだと私は考えている。

名誉より金

時々、おかしなことを考える。

掏摸《すり》からみたらどんな奴が嫌な相手だろう。たとえば一見にこにこしているようでいて、上着のボタンをしっかり嵌《は》めていたり、国際空港のカウンターでチェック・インの手続きをしている時にも、床に置いた手荷物をしっかり両足の間に挟んでいたりする人を見たりすれば、まったくもって「フユカイな野郎」と感じるだろう。

こんなことを考えるのも、九月下旬から十月上旬にかけて二十日間もアフリカを旅行している間中、小心な私はものを失わないことや掏《す》られないことにもっぱら心を使ってきたからなのである。その間に私が持っている「財産」と言ったら、締まりの悪い洗面台の水漏れを完全に防ぐゴムのストッパーだったり、水浴に必要なアフリカでしか売っていない適切なサイズの手桶《ておけ》といったものばかりで、なくしたり盗まれたりするのを恐れることさえこっけいなものばかりである。お札だって二十枚も持っていたのは、枕の下に置くチップ用の一ドル紙幣だけである。

自分の利益と立場を考えないのではない。しかし年を取ると、相手の立場になってものを見る習慣も自然にできるようになる。これがユーモアの元である。若い時は、自分が生きるのにせいいっぱいで、自然にエゴイストになっているから、とうていこういう余裕がないのである。

これを客観性という人もいるが、そういう言い方をされると何となく面白みにかける。自分も大切なのだが、相手に対しても同じように思う分裂性がおかしい。

そういう精神構造といささか関係があるのだが、私はこのごろ、或る人が世間も羨《うらや》むような幸運を得た時には、必ずその人はもうそのことをほとんど幸運に思っていないのではないか、と思うようになって来た。

大雑把《おおざっぱ》な例を引かなければ、私が何を言っているのかわからないだろうから、敢えて或る年阪神を十八年ぶりに優勝に導いた星野仙一監督という方について書こうと思う。この優勝は二〇〇三年の、いまだ停滞から抜け出ない日本経済に、推定四千億円（ＵＦＪ総研試算）もの経済効果をもたらしたと言われるから、大事業であった。

私は普段野球をほとんど見ないから、どこの球団のファンでもなく、野球の世界の知識については最低の一人である。そしてまた小説家としての習性から、いかに有名人とは言え、その人の生涯や心理をいかにもわかったように言うことの非礼と愚もよく知っているつもりである。つまり私は星野監督については何も知らない、と言っていい。

私が氏を例に引く内容は、氏がこれだけの功績を見せたこと、まだ五十六歳という若さであること、くらいである。こういう有名人になると、世間では、「星野さんという人は、すぐかっとなる人だそうですよ」などといかにも知ったかぶりで教えてくれる人もいるが、私もそういう点では、反応が恐ろしく（時にはあまり理由もなく）ミミズかネズミ並みに早い人間だから、自分のワルクチを言われているのかしら、と思うだけである。

新聞や美容院で読む女性週刊誌によると、星野監督という方は、奥さまを亡くされ、お孫さんの一人も生後間もなく亡くなる、という悲しみに耐えて来られた。そして優勝の喜びを見せたかった母上まで、直前に亡くなられた、という。女性週刊誌のお噂《うわさ》記事は、でたらめだという評判もあるが、多分この程度の事実は間違っていないだろう。

星野監督ほどの「偉業」を、誰もが一生に一度は果たしてみたいのだ。私は優勝決定の頃、アフリカにいたので、試合が終わった後に星野監督を包んだ光栄の眩《まばゆ》さを見ていない。何人のファンが道頓堀に飛び込んだのかも知らない。

ただそのうちの一人が死亡したと聞いた時、私は「道頓堀でケガをした人には国民健康保険を使う必要はありませんね」と憎まれ口をきいた覚えがある。阪神の優勝は、飛び込まなくても喜べる。こんな愚かな人に私たちの税金を使われてはたまらない、と思ったのである。

しかし一万人の日本人のうち、九千九百九十九・九人までが星野監督のような晴れがましい舞台を体験することはないのだ。だから星野監督という方はどれほど幸せな人なのだろうか、と世間は羨む。

しかし私はこのごろそういう幸運の訪れこそ、危険だと思うようになった。

総理（閣僚）の座、社長の地位、叙勲、ノーベル賞のような世界的に通用する賞の受賞、その他、どんなものがあるのか、私には想像がつかないけれど、そうした栄誉や多額の賞金などを受ける時、多くの人は多分もうそのことにそれほど大きな喜びを持ってはいないのである。

若い時に、希望する大学の試験に通った時などほんとうに嬉しい。私の場合、今でも思いだすのは、二十三歳の時、『遠来の客たち』という作品が芥川賞の候補になり、選には洩《も》れたけれど、次点だか佳作だかにして頂いて作品が『文藝春秋』誌に掲載される、という通知を受けた時である。ついでに原稿料の五万円もらえる、と聞いて、私は天にも昇る心地であった。五万円は今と比べるとはるかに大金ではあったが、一財産というものでもない。人間は途方もない大金を手にするとほとんど必ず不幸になるか適切に使い切れないかどちらかだが、小金をもらうと多くの人が他愛《たわい》なく幸福になる。だから年を取ったら、身近な人に少し「小遣い」をやるといいのである。

私が星野監督と同じ立場だったら、もちろん優勝までの長い道程を噛《か》みしめて、選手のためにも「よかった」としみじみ思うだろう。しかしそこに、共にそれまでの苦楽を知っている妻も母もいないことに深い悲しみを抱くことは間違いないだろう、と思う。それは、心の底に開いた空洞で、その暗さと深さは誰にもわからない。

優勝なんかしなくても、妻や母がいて、平凡な日常が存在していてくれる方がどんなによかったろうに、と私なら思いそうである。もちろんこんなことは球団にも、ファンにも、マスコミにも、世間全般にも言えることではない。

しかしこの世とは、何と残酷なところだろう、と私は改めて思う。大きな喜びには必ず水を差すものがあるのだ。喜びというものは、共に味わう人がいてこそ喜びなのだが、その人がいない場合に限って、人は栄誉を受ける。

私は時々それを、料理をしながら思う時がある。私が料理を好きなのは、今、家族がいて、秘書がいて、お手伝いさんがいて、皆が食べてくれるからこそ、やる気になるのである。一人だったら、作る気もなくなるだろう。

星野監督は、今季限りで勇退されるという。高血圧があるという健康上の理由だけは発表された。優勝までこぎつけるということは、確かにそれだけの心労を伴うものだろう、と思う。まだ五十六歳は中年真っ盛りなのだから、健康を建て直して、後半生で活躍なさって頂きたいと思わない人はいないだろう。しかし星野監督が受けられた光栄の陰の部分をありありと想像できるのは、多分私が長い年月を生きて来たからなのだ。

私は芸術院会員なので、毎年ではないが、芸術院賞の授賞式に出席させて頂くことがある。天皇・皇后両陛下がおいでになって、その前で賞を頂く。だから文字通り晴れの日なのだ。しかし受賞者の中には、もう車椅子の方もおられる。七十前後になれば、体に故障が出ても自然である。光栄を得る頃には、体がもう衰えている。私が脚を折ったのも六十四歳である。九カ月かかってどうにか治ったからよかったようなものの、折れた瞬間を目撃していた夫は、私はもうこれで一生車椅子だ、と思ったという。今でも私は坂道が怖い。折れた右脚の制止力が充分ではないからだ。

それで私はアフリカ旅行へ出る前にも同行者に「軽くはありますが身障者です。どうぞよろしく」と挨拶した。同行者の中に、昔から「悪友仲間」という感じの知人のドクターが「心身障害者です」と私に代わって付け加えてくれたので、私は嬉しくなってしまった。同じ音が二つつけば倍労《いたわ》ってもらえる勘定でこの上ない得なのである。

芸術院賞の授賞式は、皆が両陛下を玄関でお見送りして終わりになる。緊張が解けて、私なども、ほっとして外へ出る。するとその前の繁《しげ》みには、いったい今日の人だかりは何なのだ、という表情のホームレスの人たちが数人、ズボンのポケットに手を突っ込んで呆然《ぼうぜん》と立って眺めている。この上野の森の周辺は、今でもホームレスの人たちの居住地区だからである。

最近の日本の警察は、行幸があるからと言って、ホームレスを排除したりしないことにしているらしい。両陛下もまた、国民の日常性を妨げないように望んでくださる、と伺っているから、こういう光景が出現するのだろう。

もし私が生命に関わるような病気を抱えていたり、もう二度と車椅子から立ち上がれないような機能障害を持ちながら、芸術院賞の授賞式に出たら、私は今日芸術院で賞を頂くより、ごく普通に立ち上がって大地を歩くことの幸せをその人々の姿に見たかもしれない。それは感謝に欠け、忘恩的な反応だが、人間の自然な気持ちでもあろう。

賞には副賞としてお金がついていることもある。俗物の多い作家たちは、しばしば「名誉よりお金」と言う。これも正直で私は大好きな言葉だ。

しかし多くの作家も、こうした長年の功績に対して賞を受け賞金を手にする頃には、もうたくさんは食べられなくなっている。昔は鰻《うなぎ》とてんぷらを同時に食べられた人も、今は鰻の一串《ひとくし》もあれば充分、ということになっているのだ。

今さら住み慣れたぼろ家を改築して豪邸を建てる気にもならない。若い時なら、かみさんに隠して金をやりたい女がいたかもしれないが、今では心を許せるのは老妻だけになっている。女流作家も、若い時ならダイヤの指輪を買いたいと思ったかもしれない。しかし年をとって皺《しわ》だらけになった指は、むしろ目立たせない方が無難になっている。

或る時、私と不気味なほど同じような考え方をする女性に出会ったことがある。

その人は、或る政治家の名前を上げて、

「あの方は、将来総理になられるかもね」

と言ったのである。政治家の世界などほとんど一人として詳しく知らない私は、びっくりした。総理になる器量というものは、どうしたら判断できるのだろう。

「なぜ、そうお思いになるんですか？」

と私は尋ねた。私は遊びとしてなら、予言や占いの類も好きなのである。するとその人は答えた。

「あのご夫婦には、いろいろと人に言えない辛い面があるのよ」

私はそれ以上聞かなかった。私は人の噂話をすることが嫌いだった。噂話というものは、すべて不正確で信じてはいけないものだから、聞いても仕方がないのである。

ただその人のものの考え方だけは私とよく似ていておもしろかった。総理になってもその夫婦は別に幸せではないから、多分その人は総理になるだろう、というのである。

老年になると、こんなふうに、幸不幸まで均《なら》して考えることができるようになってしまうのだ。しかし目先だけでない視野が開けたとも言えるのである。

元美女・元々美女

まだ若い駆け出しの作家の頃、私が文章の中で嫌っていてできるだけ使わないようにしようと思っていた言葉がいくつかあった。

「孤独」がその一つである。そういう言葉で、青春や自分を語ることが、何かしらいい気になっているように思えていやだったのである。しかし当時の若者は、誰でもが孤独という言葉を好きであった。「孤独」ぶることは、哲学的であることを匂《にお》わせ、従って知的生活の周辺に漂っているような気分になれる。私はあまりにも典型的なその酔い方がいやだったのである。

第一、私の友人知人はすべて東京に住んでいた。家族もあった。学校も一応大学まで出た人が多かったから、周囲に友人もいるはずである。そんな環境で、孤独をかこつ外的な理由もない、と私は考えたのである。

今は孤独などというものが全く意味をなさない時代になった。学校は出てもほんとうの学問をせず、教養もつけなかった人たちがたくさんいるのだろうか。友人もいず孤独でも孤独と思わず、孤独に少しの意味も見いださない人たちがどこにでもいる。

人は孤独な時間を持たない限り、自分を発見しない。人は二つの場面で自分を見つけるのである。群れの中にいる時と、自分一人になる時とである。

人中にいる時も、辛いことがある。自分が何気なく言った言葉で相手を傷つけてしまったのではないかと思う時や、自分の能力や配慮のなさが相手との対比の中で際立って見える時である。

そういう時には、自分一人になりたいと思う。一人なら、相手を傷つけないし、比べられることもないし、バカ丸出しのような失敗もしなくて済む。

しかし今の人たちは、この相対する二つの時をそれなりに自覚して使ってはいないようである。友だちといっしょにいても、わあわあ賑《にぎ》やかに騒ぐだけで、その時間に相手の人格を観《み》たり、相手の言葉に慰められたり、勇気づけられたりしたという記憶もないという。「一人でいる時間多いですよ。僕あまり外へ行かないから」という青年に時間のつぶし方を聞いたら、パソコンでゲームをしたり、ケイタイでチャットをしたりしている。決してほんとうの孤独を味わってもいない。孤独というものは、世間の誰もが、自分のことを忘れているのだ、と辛く思う時である。一人でいる時間が大切だとすれば、それはいうまでもなく孤独と対峙《たいじ》することが主題なのである。

仲の悪い夫婦の方が晩年は楽だな、と思うことがある。夫婦のどちらかが死ぬと、自然に解放されるからである。しかし仲のいい夫婦は、どちらが生き残って一人の生活をするようになっても、寂しいのである。

昼日中は、外出でもすれば、寂しさも感じないで済むかもしれない。しかし家に帰って来れば——ましてやそれが日暮れの早い冬ででもあれば——帰って来た我が家は真っ暗で、しかも暖房は消えて寒々としている。と或る時友だちに言ったら、「今はそんなことないわよ。日が暮れれば、自然に灯がつく装置もあるし、外からだって電話でお風呂のお湯を沸かしておくこともできるのよ。電気の炊飯器だって時間をセットしておけば、炊けてるじゃないの」と言い返されたが、私の言おうとしているのは、どうもそういうことではない。灯火がついていようといなかろうと、家の中に自分より他に誰もいない、という寂しさが堪《こた》えるのである。

夫婦の一人が欠けると困るのは、話す相手がいないことだ。いや話し相手だけなら、誰かに通って来てもらっても済むことかもしれない。しかし夫婦というものには、他に便利な点があった。それは心おきなく他人の秘密や自分の醜悪をさらしても、それが外に洩れる心配がないことだったのである。

人は気楽に昔の同級生のことなど、こんな形で妻に言うことがある。

「あいつはばかだからさ。今度の騒ぎだって新宿の女に金のことを話したからだよ」

「新宿の女のことは奥さん知ってるの？」

「知ってないわけはないだろ。あそこのかみさん、ブスだけど、妙に勘のいい女だからね。というより、ブスほど、勘はいいもんなんだ」

「お金はどれだけ入ったのかしら」

「額は知らないけどね。あいつのことだからけっこうしこしこ貯めてたのかもしれないぜ。あいつはけちだからね。クラス会で酒代が足りない、って言う時だって、決して自分の方から少し出そうとは言ったことがない奴だからね」

こうした会話は、よくあるタイプのものだ。悪口を言っているようだが、まあ大した悪口でもない。要するに、その同級生はもともとはけちなのだが、奥さんに内緒で新宿に女がおり、その女が彼が思いがけず手にした金ほしさに騒いだ、ということのようである。

ここには夫婦間にだけ心を許して喋《しゃべ》っているような一種のノリがある。相手のかみさんがブスだと言っても、それはまあ絶世の美女ではない、というだけのことかもしれず、けちだと言っても、酒代の不足分を出したくないという程度である。それくらいの狡さは誰にでもある。騒ぎの原因が金だということさえ、ほんとうは夫の推測かもしれないのである。

夫婦というものは、こういう悪のりが洩れない範囲を作っていたのだ。誰の悪口でも、普通の妻なら、それを相手に言いつけたりはしない。しかし配偶者以外のどんな親しい人でも、語られたことを洩らさないという保証はない。

つまり晩年を一人で過ごす寂しさは、気を許した会話の可能性を閉ざされたということなのだ。もう喋る相手はいなくなった。語る時は独り言になったのだ。

私は今までずっと、そういう日が来たら、ということに備えていたところがある。私の家庭は、会話がこの上なくおもしろいことが取り柄だった。夫も私も社交嫌い、パーティー恐怖症であった。夫はできればいつも家でごろごろしていたがった。テレビを見ている時でも、新聞を読みながらでも、夫は口先だけで悪いことを言うのが趣味であった。とっさに善人ぶるのではなく、悪人になって見せるのが好きなのである。一方私は、善人ぶったり、人道主義者ぶる言辞にはもう飽き飽きしていた。一部の新聞の論説や投書欄を読んでいれば、その手の論調は食傷するほど出ている。しかし私に言わせれば、善は言葉で言うものではなく行動で示すものであり、悪は口先だけで盛大に言って実行しないのが、羞恥《しゅうち》を知る者の行為であった。

或る時、私の家に来る人が「癌《がん》には鰻が悪い」という考えを披露していった。それなら、保険金詐欺に、鰻の蒲焼《かばやき》を使えばいいわけだ、と私は夫に言った。まず癌患者を探す。それから、その人に「私」を受取人にして生命保険を掛け、それから、「病気を治すには体力をつけてくださいね」とおためごかしを言いながら、毎日のように病人に鰻の蒲焼を届けて、死を早める。

首尾よく？　その病人が死んで、世間が疑いをかけて司法解剖に廻しても、私は決して犯人として疑われることはない。何しろ胃の中には鰻の蒲焼しかないのだ。毒物も外傷も何一つ見当たらない。私は病人が喜ぶ鰻を毎日のように届けた優しい心の友人に過ぎない。

と、こういう筋でどうでしょうか、と私は夫に言う。

それにはいろいろ難点があるぞ、夫は言う。まず適当な癌患者がなかなか見つからない。その人が鰻が好きでなければダメ。たとえいたとしてもその人が老人なら、保険の掛け金が高い。毎日鰻を届けるのも病院が遠かったら大変なことだ。

実際に笑っても笑わなくても、私たち夫婦はこういう危険な話で充分に笑っていたのである。ニュースは、その前日だか前々日だかに、フィリピンで知り合いの男を殺して保険金を受け取った夫婦がいたことを報じていた。

夫は昔から瞬間的に素早く、危険な言辞を弄《ろう》する癖はあったが、その「才能」は年と共に更に素早くなった。

「××さんは若い時はきれいだった」

と夫は私に言ったことがあった。

「ああいうのを元美女と言うんだ」

「ずいぶん失礼な言い方じゃないの」

「元美女が悪いなら、元々美女だと言えばいいんだ」

つまり、ほんとうは夫にとって、やはりその人は美女なのである。只《ただ》少し年を取ったというだけのことで、それは自然の移り変わりである。

今は口先だけで悪事や不道徳の話をしても、すぐ世間に糾弾される時代になった。「殺してやりたいわよ」と言いながら笑って誰かの話をする時、私の小説の中では「殺してやりたい人」はかなり好意的に描かれているはずである。こういう屈折した笑いを含む会話がもう通じなくなったのは、やはり世間全般が幼くなったからであろう。

夫婦や家族の会話はその点、安全地帯の中にいる。どんな表現にも過剰反応しないのが普通の家族である。だから安心して喋れる。そうした防波堤のような相手が、少しずつ身の廻りから消えるのが、晩年・老年というものの寂しさなのである。

一口で言えば、老年の仕事はこの孤独に耐えることだ。逃げる方法はないのである。徹底してこれに耐え、孤独だけがもたらす時間の中で、雄大な人生の意味を総括的に見つけて現世を去るべきなのである。これは辛くはあっても明快な目的を持ち、それなりに勇気の要る仕事でもある。

思えばやはり、孤独というのは、青春の言葉ではなかった。老年の孤独には、歯が浮くような軽薄さがない。それはしっとりと落ち着いている。

恐らく私を始めとして、多くの人々が老年と晩年の孤独を恐れている。或いは、予想もしなかったその孤独の到来に当たって、苦悩に身をよじっているか、自分の死を早めることさえ願っている人もいるだろう。

しかしすべて人間は不純なものだ。人々はなかなか「その通りにはできない」のである。つまり喜んで生きることもできないが、自殺する決意もつきかねているのである。

フランシス・ベーコンもその『随筆集』の中の「逆境について」の章の中で

言っている。

「順境の美徳は節度である。逆境の美徳は忍耐である」

「順境は旧約聖書の祝福である。逆境は新約聖書の祝福である」

つまり旧約時代が正義と裁きを重んじた時代であったのに対して、新約時代は愛と許しを中心とする時代を創出したのである。

「順境には多くの恐れと不愉快がなくはない。そして逆境に喜びと希望がなくはない」

「順境は悪徳を一番よく表すが、逆境は美徳を一番よく表すものなのである」

孤独に苛《さいな》まれる晩年が逆境だとしても、こうした位置づけはまた可能なのである。

太宰の味のする水

若い時から、私はずいぶん老いを観察していた。幾つくらいから人は病気がちになるか。行動が不自由になるか。どういう悪癖がでるか。女性の場合、どんな髪型にすれば、比較的醜くなく目立たずに済むか。

若い時の観察によると、一般的に言って大体の人が七十五歳までは心身の健康を保っている。それを過ぎると個人差が開いて来る。六十代と同じ心と体の動きが可能な人もいるし、足腰が急に不自由になったり、寡黙になってしまう人もいる。もしまだ人並みな行動が可能な状態でいられるならめっけものだが、「お元気と言われるほどの年になり」という川柳の、まさにその年になったのである。

昔、世界的な科学者にお会いしたことがあった。すると、

「僕がぼけないでいられるのも、後二、三年と思っているんです」

と言われた。その爽《さわ》やかな言い方が印象的であった。その時、この方は七十を少し過ぎておられたと思うが、その数年後に亡くなられた。ぼけるという予言の結果は見られなかったのである。

七十五歳の分岐点でどちらの道を辿《たど》るか。人の運命は素質と努力と半々だ。素質の方はご先祖さまからもらったＤＮＡの結果だから、考えても仕方がない。しかしそれなら努力の方で人間は少しは自分の運命の舵取《かじと》りをする義務もあるだろう。

私は二十歳くらいの時から複数の同人雑誌に加わり、一人娘だったので、全く見たこともなかった男性たちの生き方を初めて見せてもらった。もちろん一

人一人が楽しく違っていたのは言うまでもない。今にして思うと、全員が私には優しく紳士的であった。多分私は彼らにはあまりおもしろくない娘だったのである。

私は彼らの個人的な生き方をそのままで小説のようだと感じたが、中でもお酒の飲み方となると、全く野放図で自制ということは考えたこともないような人も、一人や二人ではなかった。文学を志すような者は、お酒くらい浴びるように飲んでも当たり前、と当時の人は思っていたのではないかと思う。確かに初めて有名な評論家の臼井吉見氏にお会いした時、氏はおもしろがるような目つきで私を眺めながら、「小説を書いて行こうというほどの人は、俗に『女と病気と貧乏の苦労をしなければならない』と言われてるんですが、あなたはそのうちのどれだけやってますか?」

と、聞かれたのである。もっともその眼には、ご自分は決してそんな伝説を信じてはいない、という色がありありと見えた。一方、私はといえば、近眼以外は健康で、まだ質屋通いをするほどの貧乏もしたことがなく、世間が考えるような寅さん映画的な困った男に係わったこともなかった。

しかし父が会社の営業の仕事をしていてまず胃潰瘍《いかいよう》になり、その後直腸癌になった経緯を見ていた私には、文学青年たちのはちゃめちゃな暮らしぶりには全く驚いた。ことにお酒は飲み放題という人を見て、当時の私は「強い人は強い」のだろうな、と納得していたような気がする。

酒でも病気でも女でも、やりたいように生活してそれで倒れることを破滅型の作家と言って、太宰治をその典型としており、皆が、ということは私までが、いささかの憧《あこが》れをもって見ていた生きざまである。しかし現実は人困らせなものであったろう。第一太宰自身が「玉川上水」に愛人と身を投げた。飲料水の水源で心中する無茶があるだろうか。太宰の文学は好きでも、太宰の味のする水なんて、少なくとも私は気味が悪くて飲むのはいやだ。

お酒に強い人は強いんだろうな、という判断は、やはりその通りにはいかなかった。家庭は持たずどこかに女の人がいるとか、或いは家はあっても寄りつかず、という人たちは、たいていお酒も飲み、博打《ばくち》も好きで、結論から言うと長生きをしなかったのである。

別に長生きをすることだけが人生の目的ではない。しかしお酒が元で肝臓や腎臓をやられて、三十代、四十代に死期が見えて来ると、やはり彼らの中には、自分の生涯は短すぎた、という思いもあったようである。むしろそれが当然であろう。私が同人雑誌時代に付き合っていた人たちは、皆優しくてその上紳士的ですらあったのだが、その人たちすべてではないが、早死にした多くの人は不摂生で倒れて行ったのである。

理詰めのつまらない説明になるが、自動車にしたところで、機械の理屈をよくわかっている人は、決して無理をさせない使い方をするから長持ちする。オイルチェンジだの、タイヤ圧だのをいつも適正に保ち、さりとて機械を使わないのでもなく、むしろいつも動かしているから機械が錆《さ》びつかないのである。

人間もまさに同じである。ただ人間には、心理とか感情とか呼ばれるものがあって、それが物理的因果関係をみごとに狂わせてくれることがあるから、計算通りではないし、それがまた楽しい。これだけはぜひしたいと思う目的があると、少々無理をしても体と心は保《も》ってしまう。しかしずっと無理をしても保つのではない。体も心も、手入れを続けなければ、必ず早く壊れる。

亡くなられた香淳《こうじゅん》皇后が一時期、有名な体操の選手に就いて運動をされている、というニュースが伝えられたことがあった。昭和天皇と結婚されて長い年月、皇后陛下として暮らしておいでになった香淳皇后は、私たちと違ってまことにお体には悪いご生活をされていたことになる。

私は時々シンガポールの古いマンションで暮らして、日本のように電話がかからないので、集中して原稿を書けるのを喜んでいるのだが、生活はかなり忙しい。朝御飯の後には、タイルの床をモップで拭《ふ》くのに一働きする。私たちがこの築三十年近い古マンションを買ったのは、十数年前なのだが、建てられた当時はシンガポールもまだのんきな時代で、マンション建築も間取りがおっとりしていたので、台所だって十二畳か十四畳くらいはある。そこにまことによく汚れが目立つタイルが貼《は》ってあるので、私は食事の度《たび》に必ずモップがけをしなければならない。東京では、これほどの働きはしないと思うほどの重労働のようでもある。この程度の家事労働は一時代前はごく普通のことだった。家事にはすべて腕力が要った。しかし今ではこういう作業さえ例外的なものになっている。

香淳皇后は当時既にかなりのお年にはなっておられたが、何しろ皇后陛下におなりになると、何一つ重いものを持ったり、運んだりなさらなかった。なさらないのではなく、なさる機会がなかった、というのが正しいだろう。ハンドバッグだって、私などは安売りを見つければいつでも買えるように、大振りなハンドバッグを持って歩き、それがすぐにはち切れそうに膨れ上がり、重くなる。しかしそういう生活の重荷のおかげで、私たちの筋力は常に保たれていたのである。

私は今ここで皇室論を展開するつもりはないが、日本という国家にとって、平和一筋、誰をも隔てなく受け入れる姿勢を徹底的に示される日本の皇室は、外国の客人たちに、総理や外務大臣が束になっても敵《かな》わないほどの強烈なインパクトを常に与え続けて来られた。社会至義国家の首脳が、陛下のお招きを受けたということを喜んでいるのをテレビで見た時にはおかしな気がした。どうして総理に会えたと喜ばないのだろう、と皮肉りたい気分だった。

香淳皇后は生活の上では、犠牲を強いられておられたのである。それほど私たちの生活には、継続的な訓練が必要だ。体のあらゆる筋肉をまんべんなく使い、心も常にあちこちに注意を払うのが人間なのである。

私たちが引退したあと、「悠々自適」するのはいいことなのだが、解釈を間違っている人が多いのだろう、と私は思う。自適というのは、何ものにも束縛されず心のままに楽しむことだ、という。しかしこの言葉を狭義に解釈すると、そんな暮らしは現世にはない。もし人が自分の心のままに暮らそうとしたら、まず社会と人間のルールを破り、昔のどこかの国の皇帝のように、数百人もの召使が要るだろう。しかし数百人の召使が身のまわりにいたら、それがまた大きな束縛になるからおかしなものである。

引退後に目指す「悠々自適」は、自己完結型でなければならない。つまり山間の庵に一人でも住める心身の能力を有することである。そしてそれは、やはり若い時から節制し、常に訓練をし続けることを条件にしている。

山に引っ込めば、薪を集め、水を汲《く》み、屋根の雨漏りを繕わねばならない。もちろん今、今の日本ではかなり辺鄙《へんぴ》な土地に住んでも、薪集めや水汲みをしなければならないこともなかろう。しかしその代わりゴミ出しの日を覚える必要があり、ガスや水道の支払いをどのような形にするかも決めねばならない。

我が家では、夫が家事をするのを少しも厭《いと》わない。最近、人間の脳の構造に興味を持っていて、英語の本まで読み漁《あさ》る。その一環として彼は、自分の寝巻を軍隊式にきれいに畳むことや、女房（つまり私）がアブラゲ半枚、納豆半箱を食べ残していることを覚えていて、それが冷蔵庫のどの辺にあるかも、ゲームとして記憶することにしたのだ、という。しかし私もまた、残りものでどんなおかずを作るかということが一種の趣味になっているので、これは二人して同じ頭の訓練をやっているのではないか、と思う。

つまり運命の半分は自ら作るものなのだ。半分の部分でたえず調節し、訓練し続けなければならない。自分は偉大な人物だから、どんなに人に迷惑をかけてもいい、と信じている人以外は、他人に迷惑をかけたくなかったら、訓練と節制をすることは、人間としての至上命令である。

かつて自分は社会的に偉い地位にいたのだから、掃除機を掛けたり、冷蔵庫や物置の中に何があるかなどというくだらないことを考えられるか、と思うことが、恐らく惚《ぼ》けの始まりだろう。そうした仕事は、女性たちの領域だと考えているのなら、彼らはひどい女性差別主義者である。

少なくとも哲学と文学は、台所にも納屋にも、どこにでも存在する。ニュートンと林檎《りんご》の木の話を考えれば、科学も畑や果樹園と無関係ではなさそうだ。

事務や家事をしないと、指先を使わない。筋肉の曲げ伸ばしをする機会も減る。第一、労働に上下をつけるような人の精神の硬直ぶりは眼に見えるようで、無残である。

ほんとうは、停年後は自由人になれたはずである。勤めに出る必要もない。気の合わない上役の心理を斟酌《しんしゃく》する必要もなくなった。しかし現実には、自由人どころか不自由人になった人も多い。自分のしたいことがわからない。本も読まない。生活に必要な仕事の内容や手順も知らない。自分に必要な身の回りの家事一切ができない。

心がけ一つなのだ。おもしろがれば、すべてできる。すべて自分が主体となり、その分だけ自由になる。

人が自分にしてくれることを期待せず、自分が人に尽くしてやることが、大人の人間の目的だったのではないか。老人でも、病気で死を間近に迎えようとしている壮年でも、その原則にはいささかの変化もないはずである。

カプリ島にて

誰でもちょっとした自慢話というものをするものだから、私にもそれを許して頂きたい。もっとも、ほんとうは自慢話ほどしてはいけないものはないのである。自慢話は、話す当人だけが楽しいので、他人はうんざりしている。だからどうしても自慢話がしたかったら、最近はやりの有料聞き役という一種の介護を頼んで、お金を払って心ゆくばかり話せばいいのかもしれない。

さて、悪評高い私の自慢話は、私には「貯金があるぞ」という話だから、自慢話でも最低の部類に属するだろう。女にもてたとか、競馬で大穴を当てたとかいう話なら、まだ人はおもしろがって聞く。こんな男でももてるなら自分にも希望があるな、と考えたり、嫌いな上役の誕生日の通りに馬券を買ったら当たったというような話なら、それは嬉しかったろうな、今度はオレもやってみるか、という形でお役に立つのである。

しかし金や財産というものは、自分が持っていてこそいささかの快楽を買えるのだが、他人が持っていても何にもならない。よく世間で何となく運が開けない、という人がいるが、それは多分、うちには先祖から伝わる名刀があるとか、女房は資産家の娘だとか、他人が聞いても少しもおもしろくない話を繰り返しているからである。

私の自慢話、貯金の話は、幸いなことに少し違っている。金《かね》ではなくて、金《きん》のように輝いている現世の断片に私が心理的に立ち会わせてもらって、それを貯金のように貯め込んで嬉しがって来た、という自慢話である。

私が若い時からいろいろな世界に触れたのは、もちろん作家という立場を利用してのことであった。プロの作家でなければ、私は辺境の地に旅をする理由もなかったろうし、そこで会う人々が私に自分の専門について語ってやろうという親切な気持ちを持ってくれることもなかったろう。私は理解する能力はいい方ではなかったが、聞き手としての立場をいつも喜んでいて、深い感謝も忘れたことはなかった。

そういう意味で、私は名前もわからず、というか、忘れてしまった人たちから、実に多くの人生の断片を聞かされて来た。そのコレクションを、私は「財産」「貯金」と感じているのである。

初めに私は少し例を上げて、私の「財産」や「貯金」の内容を話そうと思う。私は今でも夕陽を見るのが好きである。若い時代からそうだったので、私は三十代の初めに少しお金ができた時、神奈川県の三浦半島の西海岸にある土地を買ってもらって、そこに家を建てた。もらって、という言い方をする背景には、夫がほんとうに反対することはしない、という原則を私は守って来たのである。夫は寛大な性格だったが、遊び以上に占いに凝ることや、賭け事に深入りをすることは嫌がった。ラスベガスに行った時、私は初めての体験だったので、スロットマシンなどを少しやってみたのだが、そんな時でも夫は脇で見ているだけで、一ドルもゲームに投資しなかった。だから私もゲームの仕組みがわかるとすぐやめてしまったのである。私は少しも従順な性格ではないのだが、家族が本気で嫌がることをする必要もない、と考えていた。だから海の傍《そば》に週末の家を作ることも、夫の反対があればしなかったように思う。

私は毎日夕陽を見て、そして自動的に死を考えていた。そんな思いをするために、何で別荘を作ったのか、という人もいるが、人は楽しみのためばかりではなく、止《や》むにやまれない必然的な性格からそうすることも多い。私は着物や車やお酒に道楽をすることもなかったが、温暖な海を見ていたかった。それは寒がりの私の生理にも合っていた。

そうした私の性格を反映して、私は夕陽に関するさまざまな話を聞くことになった。その一つはアメリカに出かけて行った或る日本人の若者の話である。戦後の日本では、外国に旅行や留学に行くことはなかなかできなかった。外貨の保有高が極度に少なかったから、国民がわれもわれもと外国に出かけてドルを使ったら、どうにもならなかったのであろう。だからその頃留学のためにアメリカに行ったというその若者は、今いくらでもいるバックパッカーではない。親に一応の社会的地位があり、息子をアメリカの大学に送れるだけの社会的特権階級だったということである。

その青年は東海岸の大学へ留学する予定だったが、新しく住まうことになったアメリカを見たかったのだろう。ロスアンゼルスから、大陸横断の列車に乗った。その方が飛行機代を安く上げられたのではないかとも思う。

その列車が中西部の広大な平野にさしかかって、或るひなびた町で停車した時、ちょうど平原に夕陽が落ちる時間だった。後年私も同じようなルートを列車で移動したが、列車が一時間も停まるような町でも、当時は駅前からたった一本の道がわずかばかりの商店街を見せてまっすぐに延びているだけという所もあった。まるでハリウッドの西部劇用のセットとして作った町みたいだ、と私は思ったものである。

この青年はその夕陽を見た時、人生を観たのだろうか。彼が何を思ったのか、誰も正確に推測することはできない。ただはっきりしているのは、彼がその駅で列車を降りてしまったことだ。それは人生を降りることでもあった。多分彼は、父親や家族の期待を裏切って、東部の名門大学に入学することもなく、彼の属する華麗な社会から消えたのである。

その話をしてくれた人は、もちろんその青年の本名を私には告げなかったし、私は名前を知らされなくてよかった、と思った。私は噂話が嫌いだったし、人生に感動するためにその当人の名前など知る必要はなかったのである。

私は人から心を割って話してもらう不思議な運命にもよく巡り合わせた。

一九六二年に、私はナポリの沖合にあるカプリ島で、豪雨に遭ったことがある。その時、同じ小人数の観光客の中で、私は一人の老紳士が奇妙な才能を持っているのに気がついた。私たちはようやっと山頂に近い（と思われる）とある建物（教会だったかもしれない）に避難した。そこには小さな中庭があり、その石の壁は、不思議な蔓性《つるせい》の植物でびっしりと覆われていた。

その紳士は私と並んで中庭の豪雨を見ていたが、ふと私にこの植物は地中海周辺のどこどこどこからどこどこまで生えているものだ、というようなことを教えてくれた。私は驚き、その直後に夫に「あの人は間諜《かんちょう》だったかもしれない」と言った。スパイだというと相手にわかるので、わざと日本語で言ったのである。

雨は数時間で小降りになって来たが、私たちが乗って帰らねばならない最終のナポリ行きの船の出発時間は迫っていた。私たちはめいめいの才覚で坂道を港の方まで降りて行ったのである。するとその人は、我々は来る時に上がって来たのと同じルートを取ってはいけない、と私に忠告した。途中で窪地《くぼち》になっていた部分があり、そこは必ず冠水していて通れないはずだ、と言うのである。彼は絶えず退路を確認しながら歩いていたのであった。

時間も迫っていたので私たちは他人の庭を通り抜けたり、出水で崩れた築地《ついじ》塀《へい》の上を乗り越えたりしてようやく港に辿りついた。ルートはすべてその老紳士が選んだ道だった。

やっと船が出港してほっとした時、私は夢中で脱出ルートを歩いている間に、手に軽い怪我をしているのに気がついた。指から少し血が出ていたが、もちろんそれは大したことはなかった。その人は私がハンカチで傷を包むのをじっと見ていたが、船が湾内を走り出すと、私と手すりに並んで立ちながら、若い時の話をしてくれた。

何年のことかわからないが、彼は英国の諜報機関《ちょうほうきかん》にいた。私の想像通りだったのである。彼の任務はイギリス軍を中東に進める時に、どこにどれだけの兵とラクダを養うだけの水があるか、というオアシスの調査だった。

その任務の途中の或るオアシスで、彼は一人の不思議な人物に遭った。土地の放牧民の服装をしてはいるが、その人物はどうしてもイギリス人のように思えたのである。しかし彼がその人物に英語で話しかけるのをやめたのは、相手の指を見た時だった。それはとうてい白人の手とは思えないほど荒れて分厚い指の皮膚をしていた。彼は黙ってこの男に声をかけないままにそのオアシスを通り過ぎた。

しかし後で彼は、その異様な放牧民がアラビアのローレンスであることを知った。ローレンスが報告書の中で、この人のことを書いていたのである。さらに後年、私は「アラビアのロレンス」という映画を見て、その中で印象的なシーンに出くわした。ローレンスの一つの逸話として、燃えている火を平気で指でもみ消す場面がある。それほど彼の指の皮は厚かったということだろう。この逸話がカプリの老紳士の体験談と全く一致していた。

この紳士はヨークシャーでハムの製造工場をやっていると言い、名刺もくれた。しかし私はこの名刺をなくしてしまった。別れる時、私は生きて再びこの紳士に会うことはないだろう、と思ったが、果たしてその通りになった。

この人は当然私の手のかすり傷から、昔のことを思い出したのである。つまり私の手はやわで、ローレンスの指は強靭《きょうじん》だったなぁ、と思ったのであろう。しかし私は、豪雨のおかげでそんなおもしろい人生を語ってもらえたのだし、豪雨に遭う度に私はこの話を思い出すのである。

悲しかったり、無為だったり、恐怖そのものだったりする日常的な話を、私は生涯にたくさん聞いた。どの話も、それなりに私の心を素手で掴《つか》んで揺さぶるような響きを持っていた。それは善悪や美醜などを超えた、或る必然的な存在感に満ちていた。私はその現実の前に頭を垂れ、その圧倒的なドラマに私が加えてもらったことに感謝した。

どの話に対してもその感動は深く後まで残った。すべての成り行きに存在の意味が感じられた。多くの場合その運命を受けた人に尊敬も感じていた。尊敬の形は時にはねじ曲がっていることもあったが、その時はもっと重厚な厚みを持って感じられた。

年を重ねるということは、小説家ならずとも、誰でも、こうした素晴らしい話を聞ける立場になったことだ。今ここに上げた二人の例でも、一例には有名人が介在するが、一人は全く無名の人の生涯の物語である。

私は、悲しい恋の結末の話も、ついにこの世では会えなかった死別の話も、いくつも耳にした。いずれも当事者が誠実な人々だったからだ。誠実な人でなければ、人生のドラマは色濃くならない。それらがなぜ私の耳に入って来て、終生忘れられない宝物になったか、私はその因果関係もよくわからない。私はただ偶然そうした財産の所有者になり、ずっとその所有物を誇りにして来たのである。

何を誇るかはその人の自由だが、多くの人生に立ち会わせてもらったことを今でも私は財産だと感じている。そしてそう思うと、私は死ぬ時に決して不満を抱かず、金持ち気分で死ねそうな気がするのである。

笑う仏たち

早春の一日、日帰りの出張に出たら、突然、何年か前の昔の記憶がよみがえって来た。

あれは古い駅舎が残っていた田舎駅だった。私はホームのベンチの一隅に座って、列車を待っていた。そこへ決して若くはないけれど元気な二人の女性がやって来て、私のすぐ隣のベンチに座った。四人がけのベンチの一番端には、若い女性がうつむいて女性週刊誌を読んでいた。

今思い出してみると、二人連れの女性は、六十二、三歳か、精々で六十五、六歳という感じだった。娘も息子も独立し、もしかすると夫も死んで、友だちと二人、年に一、二回の旅行を楽しんでいるという感じの人たちだった。

一人は髪を染めていて大柄、一人はきれいな白髪のままで小柄だった。

二人はベンチに座って、次に行く温泉地の話などしていたが、やがてどこから現れたか、一人の髪の毛の長い女性が、赤ん坊を子守帯に入れて、前に抱き抱えながら私たちの前一メートルほどの所に立ったのである。

ベンチとホームの間には、どんなに狭くとも、危険防止の意味も含めて、それなりの距離はあった。しかしその赤ん坊を抱いた若い母は、ベンチのすぐ前まで来て、しかも私たちの方を向いて立ったのだから、その姿勢は、まるで誰かに席を空けてください、と無言で要求しているようなものであった。

今でもその時でも、私は人に席を譲るくらいの体力は充分にあった。しかしそこが私の根性の悪いところなのだが、その赤ん坊を抱いた人と比べたら、自分はれっきとした老人だと判断したのである。だから私はどんなに彼女に見つめられたとしても席は立たない、と心に決めていた。

その若い母親の行動に反応を示したのは、週刊誌を読んでいた若い女性ではなかった。六十代の二人連れのうちの白髪で小柄な一人が立ち上がって、「あなた、どうぞお座りなさい」と言ったのである。

連れの黒髪で大柄な女性も、友だちが立ったので仕方なく立ち上がり、そこにいても仕方がないと思ったのか、二人はぶらぶらと歩き始めた。その一方で、赤ん坊を抱いた若い母親は実に奇妙な行動を取った。

そもそも席を譲られた時から、彼女は一言も声を立てなかったのである。「ありがとう」も言わず「いいえ、だいじょうぶです」と辞退もしなかった。そして私が見ていると、彼女はずっとベンチから一メートルほどの所に立ったまま、せっかく譲られた席に座りもしなかったのである。

一瞬、私は彼女が、聾唖者《ろうあしゃ》なのかと思った。しかし二人の女性たちがいなくなると、彼女は、赤ん坊に小声で何か言った。そして私は、二人連れのうちの大柄な女性の方が、遠ざかりながら振り返ってこちらの様子を見たのを確認していた。つまり二人は、せっかく席を譲ったのに、子連れの女性はそこに座らなかったことを、ちゃんと見ていたのであった。

赤ん坊を抱いた女性は、それから三十秒ほどそこに立っていたが、そのまま今度はぶらぶらと歩き出した。席を譲ってくれた二人連れが歩いているのとは、全く反対の方角である。その間、週刊誌を読んでいた若い女性は、全く一連のできごとに興味も示さず、顔も上げなかった。

子連れの女性がいなくなったのを見ると、二人連れの女性たちはまた戻って来た。あの人が座らないのなら、私たちが座りましょうよ、列車が来るまでにはまだ時間はあるんだから、という感じだった。

その後に何かが起こるような勘がした時、私の狡さは素早く働いた。私もまた端っこの週刊誌の女性に倣って、手提げの中から本を出して読み始めたのである。

二人連れは、全く席を譲る前と同じ位置に座った。

「全く何を考えてるんでしょうね」

と黒髪の大柄が言った。

「譲ってもらったんなら、座ればいいじゃないのよね。せっかく年寄りが席を譲ってくれたんだから」

「年寄りに席を譲られてびっくりしちゃったのかもしれないわよ」

小柄な白髪が笑った。

「でもあの人は明らかに催促がましく、こんな近い所まで来てこれ見よがしに立ったのよ。別に席を譲って欲しくないんなら、もっと離れて立てばいいじゃないの」

私からみても、それは妥当な感慨だった。

「日がさしていて眩しかったから、日陰になる所まで下がったんじゃないの」

「それならそれで、そう言えばいいじゃないの。私は日を避けているだけで、席は必要ないんです。ありがとうございました、どうぞ元通りお座りくださいって。それだけ言えば、誤解はすべて解けるのよ」

しかしそれも変な話だった。日差しを避けてプラットホームの奥に立つなら、ベンチなどない場所を探す方がずっと効果的なのである。

「今の人たちは、それだけ日本語で情理を尽くした話し方ができないんでしょうね」

「何にせよ譲られたんなら、要らなくても、一度は私たちを納得させるためだけにでも座ったらいいじゃないの。座りもせず、しかもこの場を動かずにいて席を空かせておくなんて、最高におかしなやり口だわ」

「何か事情があったのよ。会いたくない人がすぐその辺にいて、その人から見えない角度と言ったらここしかなかったのかもしれないし……」

白髪で小柄が言った。

「それなら、小声でありがとうございました、くらい言ったっていいじゃないの。間もなく向こうへ行きますから心配しないでください、って言えば、あなたも立たなくて済んだのよ」

黒髪の大柄は、ほんとうに怒っているらしかった。

「でも嫌な人に会ったら、怖くて声も出なくなってたかもしれない」

白髪の小柄が言った。

この間私は、ずっと読書にのめり込んでいて、そんな話など耳にも入らないふりをしていたが、実は二人の会話を盗み聞くためだけに、頁に眼を落していたのである。

若い人は美しい、という普遍的な事実はよく語られる。肌も生気も、若い人は柔軟で張りつめ輝いている。しかしこの時、私は思ったのだ。未熟ということは、老成よりはるかに魅力がないこともあるのだな、と。

髪を染めた大柄な「おばさん」は、威勢がよく、ずばずば言うはしたなさが、ちょっと私に似ていた。彼女も物事の要点は衝《つ》いていた。しかし白髪で小柄な女性は、それらの光景の背後にある人生の陰影を、優しく補おうとして充分な想像力を働かせていた。人の生涯には、その時々にいろいろな事情があって、それは決して他人にはわからないものだから、ということを彼女は信じているのだろう。そしてそのような深く複雑な視点というものは、若い人にはまず備わっていないものらしかった。

その日の日帰り出張の東海道新幹線が珍しく事故で遅れたことも幸いして、私は車中にあった備えつけの『ひととき』という雑誌をゆっくりと読むことができた。

そこには「木喰上人《もくじきしょうにん》」と呼ばれた人の特集もあった。彼は江戸時代後期の僧であるが、五十六歳から三十七年間諸国を遍歴して、亡くなったのは九十三歳だったという。その時代の人としては稀有《けう》の長寿であったろう、と私はまずその事実に驚いた。

中でも特筆すべきは、八十三歳で日本廻国《かいこく》を果たした後、故郷の甲斐八代郡古関村丸畑（現在の山梨県南巨摩郡身延町）に戻った木喰は、それから更に、人々の期待に応えるために一働きすることになる。まず菩提寺永寿庵を修理して「五智如来」を作った後で、四国八十八箇所の霊場にお参りできない人のために四国堂を作り、そこに八十八本尊を彫って納める計画を立てたのである。八十三歳から始めたというのだ。我々の誰もが「まだ間に合うぞ」と思える年である。

私は木喰仏を見に行ったこともないので、いつも写真で眺めるだけだが、木喰作の仏はどれも、どこかで見たことのあるような表情である。高貴な仏ではなく、庶民の顔だちである。しかも非常に多くが笑っているように見える。眼をつぶっているのもある。

京都府では現在の南丹市に清源寺というお寺があって、そこにある十六羅漢の一つである阿氏多尊者《あじたそんじゃ》の像は、木喰の自刻像だと言われている。長い鬚《ひげ》を生やし、小さなおむすびのような鼻で頬骨にもたっぷり肉がついている。その眼と眉《まゆ》は、半月というか、バナナのような形で、これもどうしても笑っているとしか思えない表情である。学者たちは、木喰が、この像にも光背をつけていることを問題にしているが、仏を彫る時に、自分の顔をモデルにしたと考えれば、光背があっても不思議はない。

しかし私がこの木喰の仏像に深く打たれたのは、その日、昔のプラットホームの事件を思い出したことと、大きな関係があった。

年を重ねた人は、駅で見かけた二人連れの女性のように、世間の事柄を分析することと、その奥にある密《ひそ》かな理由を推測することに長《た》けて来る。或いは若くとも、病苦やほかの苦労がたくさんあると、決して自分中心の考えに囚《とら》われることもなく人生を観られるという偉業を果たすようになる。いずれにせよ、簡単には怒れなくなるのだ。心身共に未熟な時、人はすぐ怒る。この頃は、分別盛りの中年にも、世故《せこ》に長《た》けたはずの老年にも、すぐ怒る人が増えたような気がする。それは自分の立場・見方だけに絶大な信用をおく幼児性が残っているからだ。

人は誰も、自分の偏った好みで生きる他はない。しかし老成した人は、誰にも人はそれぞれの美学や好みがあることを、骨身に染みてわかるようになっている。

その時、哲学者なら、その違いを長々と説明することもできよう。しかし一般の人たち、我々庶民は、そんなことを説明する言葉も、必要も感じないのだ。いろいろな考えの人がいることを改めて知る時、私たちはただにこりと笑う。にやりとする人もいるだろう。しかし怒りはしない。駅のベンチの二人連れの白髪で小柄な女性は、確かに笑っていた。木喰の仏たちも笑っている。笑うだけでは足りなくて泣いているように見える仏もいる。しかしとにかく怒って投書したり、市民運動にまで発展させたり、正義が廃れたと言って嘆くことはしないものだろうと思う。

もちろん正義をかざして怒ることがいけないというのではない。しかしそんなことをしていると、せっかくの個人的感動が失われるだろうと思う。

プラットホームの二人と、木喰上人の自刻像と、全く異なる二つの光景が、こうして或る日、私の中で楽しく結びついた。旅が発見させてくれたのである。

くれない族

このごろ、何ごとにも量る機械ができた。

私の家にも血圧計と体温計がある。私はまだ買ったことがないが、体脂肪を量る機械もあるという。

それならば、老化度を量る機械はないものか、と考えている人はたくさんいるだろう。骨密度、筋力、自前の歯の本数、握力、白髪が多いか少ないか、正式には何と言うのか知らないが横っ飛びをする素早さ、眼をつぶって片足で立てる時間、などというものも量って、自分の年の平均値と比べると老化度が測定できる、というのである。

一時、脳の萎縮《いしゅく》や、脳動脈の硬化の度合いを測定する方法ができたという時、

「あなたも検査を受けてみたら」と勧められたこともあったが、それは止めることにした。脳の萎縮や脳動脈の硬化が見つかってもどうにもできない。自分は元気だと錯覚していられれば、私は幸福なのだからその方がいい。それにもう一定の年になったら、体にメスを入れることはできるだけしないということに決めてある。

治療とは直接結びつかないのに、老化度を量るという人の心理には二つの目的がある。一つはそれによって、健康を保つような生活に切り換えて異変を防ぐということである。しかしそれなら、別に悪いところがはっきりしなくても、健康的な生活方法に変えればいいのである。禁煙し、ものぐさを止めてこまめに体を動かす癖をつけ、何でも自分のことは自分でやり、家庭で作った料理を食べ、積極的に社会との繋がりを持つ。それくらいのことは、脳の萎縮が見つかる前にやってても少しも損はないはずだ。

人が老化度を気にするもう一つの理由は、ほんとうに健康を心配するからというより、むしろ自分は人より若い、という保証が欲しい場合である。中年以後の女性がクラス会に集まると「まあ、○○ちゃんは相変わらず若いわねぇ」とまず人を褒め、そのお返しに「あなたこそ、白髪も皺も何もないじゃないの」と言われることで、自分が同級生より外見的に若いという客観的確認を得たいのである。

ところが、私が好きな言葉は、或る外国人から聞いたもので、「人は皆、その年齢ほどに見える」というのである。当たり前と言えば当たり前なのだが、偉大な真理で、取り繕えば少し若く見えることはあっても、やはりその人は相対的には、その年に見えるということだ。そしてそのことはまことに自然な、健康なことであって、年とはそぐわない肉体的年齢を持っていたら、むしろ異常なのである。年相応に見えるということは、慶賀すべき自然さと健康さを示していることだと思う。

しかしそんなアイソの悪いことを言わずに、クラス会で自分は人より年取っているのか若いのかを気にする人には、少しは客観的な答えを与えてもいいだろう。外見的な皺指数とか、背中の曲がり度指数というものは、私は医師ではないので言うことはできないが、心の持ち方の老化指数なら少しは量れるのではないか、という気がしている。

私は心の老化度を、その人の心理的依存度で量っている。

「誰々が何をしてくれない」という言い方がある。

「××さんに、お菓子を買って来てくれるように頼んでおいたら、忘れちゃったんですって。ごめんなさいね。ほんとうにあの人は責任感がないんだから」

とまるで自分が謝っているのではなく、誰かの非をなじっているような言い方をする人はよくいる。もしＰＴＡの会合に、自分がお菓子を買って行く役目を引き受けたのなら、他人に頼まずに自分で責任を持って買って来るべきなのである。

自分の精神がどれだけ老化しているかを量るには、どれくらいの頻度で「くれない」という言葉を発するかを調べてみるといい。友だちが「してくれない」。配偶者が「してくれない」。政府が「してくれない」。ケースワーカーが「してくれない」。他にも娘や息子や嫁や婿や姉や兄が「してくれない」を連発する年寄りはいくらでもいる。だからそういう人々のことは「くれない（紅）族」と呼んでいいだろう。

この精神的老化は、実年齢とほとんど関係がない。二十代でも、三十代でも、男でも女でも、この言葉を口にする人は、老化がかなり進んでいる。だからこういう人に対しては、相手が青年でも壮年でも「おじいちゃん」とか「おばあちゃん」とか呼んでいいだろう、と私は書いたことがある。

どうして人間は、人並みな知能と体力に恵まれて生きて来たのに、早々と他人に頼る生き方に見切りをつける賢さが完成しないのだろう。ましてや高齢者は、長い人生を生きて何より経験が豊富なのだから、他人が自分の思う通りにやってくれない、というような単純なことくらい、早々と悟ってもいいと思うのである。

二〇〇四年一月、練習中のパラシュートが開かなくて、二人の人が地面に叩《たた》きつけられて死亡した。昔からパラシュートを畳むことについては、私のような外部者はいろいろな説を聞かされて来た。自分の命を守るものなのだから、畳むことだけは自分の責任においてやるのが当然、という言い方を初めて聞いた時、私はまだ子供だったが、なるほどそうだろうなあ、と思った。しかし自分のパラシュートは自分で畳むということにすると、ノイローゼになって、何回も何回も夜通し畳みなおしている人が出るという。それでパラシュートを畳むという仕事は、それだけに専念するグループ（軍隊だったら部隊）に任せるのだ、という話も聞いた。今はどちらなのか、知人に一人もパラシュート降下に興味を持っている人がいないのでちょっと聞くわけにもいかない。

パラシュートでなくても、自分の命や運命に責任を持つのは、つまり自分しかいないのである。誰かがしてくれない、と嘆く癖は人生の若いうちから止めなければ、晩年の美学は到底達成できない。

もちろん、人生の途中で病気になったり、初めから体が不自由な人というのもいる。そういう人までが、自分で生きるように、と私は言っているのではない。それはこの短いエッセイを読んで頂ければおいおい分かることなのだが、人は受けることも嬉しいが、人に尽くすことの喜びもあるのだから、体の不自由な人は、世話をする人に喜びを与えてやっているわけである。

今、年金制度や社会保障制度のあり方について私たちは熱心だが、ほんとうのことを言うと、私は最終的には国家さえも信じていたりしてはいけないような気がしている。私たちは一応日本国家に属していて、日本は決して信じるに値しないようないい加減な国家ではない。日本は世界中で、政府を信じることのできる数少ない国家の一つである。しかしそれでもなお、国家にもできないことがある。国家の財政もない袖は振れない。

私が結婚した相手は、私に対して寛大である。私の失敗にはたいてい笑っている。寛大についても人は複雑に考えなければいけない。本当の人道主義者で、「人は皆間違える」という信念の元に寛大な人もいるのだろうが、夫の場合は、他人（私をも含む）はどうせ自分よりうまくできないに決まっているから、始めから少しも当てにしていないのだそうだ。だから失敗に終わっても決して意外に思わないで「ははあ、やっぱりまずったか」と思うだけで怒れないのだそうだ。

他人がしてくれないことを嘆いたり非難したりする人は、戦後の「市民の権利は要求することにある」と日教組に教えられたことを信じこんだ被害者のような気がする。それに比べて私は、子供の時から「受けるよりは与える方が幸いである」という聖書の言葉によって育てられて来たのである

この言葉は、新約聖書の「使徒言行録」（20・35）に記されているが、実は他の四大福音書には出てこない。この言葉の伝え手であるパウロは、実は生前のイエスに、普通の人間的な「出会い」をしていない人であるから、啓示として受けたか、誰かから聞いたか、当時イエスの言葉を伝える他の文書にあったか、どれかであろうと思われている。しかしそこにあらわされた言葉は、実に現実的な力を今に至るまで持ち続けている。

人は与えるからこそ、大人になり、おいぼれではなく青年であり続けるのである。赤ん坊から大人になるまでの人間はもらうばかりである。おっぱいを呑

ませてもらい、御襁褓《おむつ》を換えてもらう。学校に送り迎えをしてもらい、お小遣いをもらい、教えてもらう。しかしやがてその関係が逆転する。父の後ろ姿に老いを感じると、息子は父に代わって荷物を運ぶ。今までは病院には連れて行ってもらっていた娘が、母が病気になれば自分の車で母を病院に運ぶ。

年取って、別に若い者と張り合うことは必要ないが、人間としての原則的な関係は間違いなく平等だ。しかし老年になると、気の緩みからか、もらうことばかり期待して、頑張って一人の暮らしを続けたり、ごく些細《ささい》なことでも人に与えようとする気力に欠ける人がたくさん出て来る。その時人は初めて老年になるのだ。しかし寝たきり老人でも、感謝を忘れなければ、感謝は人に喜びを「与える」のだからやはり壮年なのである。

いきいきとした晩年を過ごしている人たちは、どこかで与えることを知っている人たちである。与えることを知っている限り、その人は何歳であろうと、どんなに体が不自由であろうと、つまり壮年だ。

日本に凄《すさ》まじい勢いでボランティア活動が広まりつつあるのも、私にとっては信じられない状況である。なぜなら二〇〇〇年に行われた教育改革国民会議のメンバーだった私は、答申の中で、義務教育の中でボランティア活動をする機会を与えることを提言した。しかしその意見は反対の風を真っ向から受けることになった。「教育に強制はいけない」と土井たか子さんや上坂冬子さんたちから反対の大合唱が起きたのである。

私からみれば、教育はすべて初めは強制から始まるのである。「おはようございます」ということも、「これはイヌです」ということも、「万引きはいけません」ということもすべて初めは強制である。ほしい玩具にはすぐ手を伸ばすのが幼児の自然だが、お店にあるものを代金を払わずに取ってはいけない、と教えることは強制以外にない。しかしやがてそのうちに、誰でも人は判断力を持ち、その上更に自分の選択眼を持つようにもなる。

ボランティア活動をちょっと皆にやらせてみれば、もっと多くの人がその楽しさを知る。同時にいやな人は、すぐにその道から遠ざかればいいのである。

ボランティア活動は、人のために尽くすことが自分の幸福感に繋がるという実感を持つ人がいるから続くのである。それが自然にこれだけの社会的な運動になりつつあるのだから、私としては嬉しい限りだ。私を始めとして多くの人が心理学など正式に習ったこともない。しかし多くの人は、いつも人からもらっている立場だけでは不満が増し、反対に少しでも与える立場になれば大きな満足感を得るという「不思議」を体験している。凡人がいつまでも壮年でいられるかどうかは、この言葉を理解するかどうかにかかっている。

平々凡々の紆余曲折

突然、老年や晩年になるのではない。長い年月の末に、人間はそこに到達するのだ。だとすれば、そうなる前に、人は種を蒔《ま》いて置かねばならないのではないか。死の前に、自分はどのような所、どのような風景の中で生きるつもりだったのか、自分で決めておくのが自然であろう。

もちろん、人生は望んでもそうならないことばかりだ。しかし望まないと方針が決まらない。アメリカ大陸を目指すのか、ヨーロッパに向かうのかによって、船の舳先《へさき》の方角の取り方は自《おの》ずから違うのである。

老年の姿は、若い時からの生き方によってかなり違う、というのが私の実感だ。言うまでもなく、若い時はそれほど思慮深く生きているわけではない。利己的でもあるし、いいも悪いも無我夢中で暮らしているという人が大半だろう。しかしその期間でも、生き方の差は将来を決する。

終戦後の日本を席巻した教育は、自分の利益を守ることがすなわち人権だということであった。何者の犠牲にもなる必要はない。誰の強制にも従う必要はない。それが解放された戦後教育の特徴だという考え方であった。

それは恐らく、戦争中の特攻隊の死は、自らの意志ではなく、強制されたものだ、ということから出た考えであったろう。人間は誰でも自ら自分の運命と美学を選ぶ自由がある。ただし自分の望みがすべて叶《かな》うという保証はこの世のどこにもない。しかしそれでもなお、私たちはできれば、自分や、私たちの家族や、愛する友人たちの希望が最大限叶うように努力するのである。

ただそこで一つの間違いが生じ、多くの人がそのことを明瞭《めいりょう》に自覚しなかった。強制された犠牲的死はよくないが、その人が自発的に選んだ犠牲的死は、限りなく美しいものだ、という判断である。

新約聖書はそのことについて、たった一行で書く。

「友のために自分の命を捨てること、これ以上に大きな愛はない」（「ヨハネによる福音書」15・13）

戦後の日本の教育はこの微妙にして偉大な違いを教えなかった。幸いにも私はカトリックの修道院の経営する学校で育ったので、利己主義一辺倒の日本の教育の被害をほとんど被らずに成長することができたのである。友のために命を捨てることは誰にでもできることではない。しかしそれは、動物には見ることができず、人間にしかできない最高の精神的な行為だということを、見失わずに済んだのである。

総じて、の話だが、若さの持つ一つの特徴的な機能は、「取り込む」「もらう」ということである。それは当然のことだ。何しろ細胞はみずみずしくても、体験や知識の量で計る中身は空っぽなのだから、必然的にものごとを取り込むようになっている。

しかし問題はこうした人たちが、二十歳を過ぎ、三十歳を越し、時には四十代になってもまだ、取り込む姿勢しか知らないで過ごしていることである。彼らは、成熟しそこねて、老年の複雑な視力も持ちえなかったのである。もしこれが、物やお金だったら、取り込む場合にしか増えない。「リンゴを二つ持っていました。そこへおばさんが来てもう二つくれました。手に持っているのは幾つになるでしょう」という形の足し算で私たちは教育されてきたのだ。

しかし人間関係、つまり愛という不思議なものだけには、この足し算の法則が当てはまらない。与えるほど増える、というものがあることを、日本の教育は「人権」の名の下に欠落させてきたのである。

昔から今までのことを考えると、私には二人の人の姿が浮かぶ。一人は男性、一人は女性。共に私と前後するほどの年齢である。

そのうちの男性は、身内の人たちには決してケチな男ではなかった。むしろ一種の家長意識を持っている人で、困っている親族には、何か世話をしてやらなければ気が済まない性格の人であった。

しかしこの人の特徴は、見知らぬ人のためには、何もしない、ということだった。もちろん私も、今仮に「アフリカの子供たちのために、献金をお願いします！」と叫びながら、渋谷や新宿の雑踏に立っている人がいたら決して献金しないだろうと思う。なぜなら、まず第一にその人が詐欺師かどうか確かめるすべがない。第二に現在の広汎《こうはん》なアフリカの地域で、ほんとうに困っている子供たちにお金を届けるということは、実にむずかしい技術だからだ。

集めたお金を誰かその土地の「紹介者」に渡せば、多分その人が自分で全部か幾ばくかを取り込んでしまう。私が根性が悪くてそう思うのではなく、それが世界の常識だからである。アフリカも部族社会だから、部族以外の人にも公平に配る、という発想はない。部族の親分がまず自分の懐に入れて、その中から適宜、部族民に与えるという分配の方法が常識なのである。

しかし私たちは、ほんとうはまだ見たこともない人のために尽くせるかどうかが問題なのである。まず近い親族を幸せにするのが順序というものだろう。その後で、ちょっとした知り合いに、更にまだ見たこともない人にも惻隠《そくいん》の情を抱ければほんものである。

その男性は、社会的に見て、功成り名遂げた人であった。しかし見知らぬ他人には全く関心を持ったこともなく、もちろん金も心も与えなかった。どこでどんな人が困ろうと、「それは備えをしとかんのが悪かったんや」「救うのは政府の責任やろ」というだけであった。備えをするどころかその日食べるものもなく、政府は悪いには悪いのだが、国民に働く場さえろくに与えない国家や社会で生きなければならない人々に対しても、その一言であった。

親族だけ救うというのは、自己愛を拡大したものに過ぎない。つまり自分に近い者が困っているのに放置すれば、その人と血の繋がっている妻や子が困惑する。身近でいつも顔を合わせる人たちが暗い顔をすれば、つまり自分が不愉快になる。だからわずかばかりの金は出して気楽になろうとするのだ。

その人は「私は、生涯国家の世話になどならない」というのが口癖だった。しかし後年彼は糖尿病から腎臓が悪くなり、透析が必要になった。もし国家に世話にならない、というのなら、透析の費用も自費で出すべきだが、それは莫大《ばくだい》な額になるだろう。その上彼は片足を切断しなければならなくなり、その前後にも度々入院した。治るための入院でもないのに、入院費を自費で払う気になる人はあまりいないだろう。彼もその一人で、国民健康保険を使い、多分老人保健も利用した筈《はず》である。

私は人生のことをすぐ『イソップ物語』風に、教訓といっしょにして考えるのは好きではないが、この人を見ると、なぜかこの人は、成熟しなかった貧しい人生を送った人の典型だったなあ、と考えるのである。

もう一人の女性は一人暮らしの気楽な身分だった。ほんの短い期間結婚を体験したという話だったが、性格の合わない夫にすばやく見切りをつけて離婚した、という話を聞いた時、私は実は「よかったなあ」と思ったのである。私は悪夢のような不仲な父母の結婚生活を見て育ったので、「何も無理して結婚したり、我慢して結婚生活を続けたりする必要はない」と子供の時から悟っていたのである。一度結婚をしてみれば、結婚生活に対して憧れも持たず、真の自由人になるのだ、と私は祝福したいくらいだった。

しかしこの女性は、今度は自由を謳歌《おうか》し過ぎているように見えた。他人のためには、一分も一時間も、百円も千円も、時間やお金を割くのは嫌だ、という性格になっていた。

私はその人に一度だけ、たった一つ頼みごとをした記憶がある。それも何か労働を強いたのでもなく、電話番をしてくださいと言ったのでさえなく、ただ冷房の利いた部屋で一日だけ本を読んでいてくださいませんか、と頼んだのだった。その頼みごとの背後にはこっけいな理由があったのだが、それは話が複雑になるから、省くことにする。

するとその人は、自分は自由を束縛されることは一切しないのだ、と言った。確かに考えてみれば、一日でも特定の部屋で本を読んだりテレビを見たりしていてください、というのは「束縛」である。しかしそうして頂く代わりに、うちではご飯をご用意し、何一つ家事をさせないような態勢を整えていたのである。

私はすぐ私の「厚かましいお願い」を取り下げた。しかし私はそのような自由だけでこの世を生きていけるものか、と疑問に思ったたし、人生で最初の頼みごとを断るのは、あまり得策ではないがなあ、と感じたのもほんとうである。

私は生涯かなりの不自由を受けるのさえ、当然と思って暮らしてきた。今日は寝ていたいと思っても、約束は優先する。夫はプロの作家になるなら、社会との契約を優先するように、と言った。家族が病気でも、締め切りが優先する。それが辛いなら、プロになどならず、楽しみで小説を書けばいい、というのが夫の考えであった。

誰に強いられたわけでもないが、私は夫と自分の両親と同居するのも当然だと思っていた。食事の支度は増え、それぞれが自分の便利を主張すれば、ことは複雑になることは分かり切っている。しかしそれが人間が生きることの実態であろう、と思えた。その間にはケンカもするだろう。自分勝手をして、相手を不愉快な目に遭わすこともあるだろう。しかしそれが人生を生きることであった。そうした「平々凡々の紆余曲折《うよきょくせつ》」の多い生き方をしながら、初めて私たちは、バルザックやモームの小説にでも出てきそうな、よくも悪くもない、しかし重厚な体験に支えられた中年と老年になる。それこそまさに、自然な成熟を遂げるのである。

できることなら、私自身は、先に述べた女性のように一切の望ましくないことには関わりたくない。また豪語した男性のようにできることなら「国家の世話になどなりたくない」と啖呵《たんか》を切って、そのように生きてみたい。

しかし私たちは、人と関わらずには生きられないのである。関わるということは、どちらかに必ず傾く。受け過ぎを好んで生きた人と、与え過ぎる運を引き当てた人とどちらかになるのだ。受けも与えもせずに、人間関係を構築するということは、言葉の上ではできるかもしれないが、事実は不可能なのである。

与えてばかりいても、私たちは疲れるであろう。受けるばかりになると、強欲な人はますますいい気になり、まともな感覚の人ならひがむようになる。受けて与えて、ごちゃごちゃになって、何だか知らないけれど人にまみれて生きた、という人生を送って、人は初めて豊かな晩年に到達するように思う。

今、上げた二人以外にも、労力においても、金銭や物質の面においても、損になることは何一つしようとしなかった人は、身の回りにけっこうたくさんいた。先に述べたように、別に『イソップ物語』的教訓を振り回すわけではないが、そういう人たちは、なぜか例外なく存在感が薄くなってしまって、その人がどこで何をしているかさえわからない人もいる。私の眼には彼らの老年も消えてしまったようで淋《さび》しい。

掘り出されたままの原石

私の知人にほんとうにおおらかな女性で、彼女の傍にいると、皆が自分を隠すことなくさらけ出して、笑いが絶えない人がいる。もちろん私がつき合うような知人だから、私とほぼ同年、もう老世代である。

彼女は世間的に見ると、戦前から東京の第一級のお邸町《やしきまち》と言われる住宅地に、当時の私には憧れだった洋館に生まれ育った。当然何人かのお手伝いさんもいたろう。彼女の一族は明治以来の日本を引っ張って来たような政治家や知識人を何人も輩出した。

しかし一九四五年の日本の敗戦の前後、日本が一般的に貧しかったことも本当である。つまり庶民中の庶民だった私の家も、上流階級だったその人の家も、同じような物資の不足に見舞われたのが、敗戦国日本の姿であった。戦争中は軍部と結び、戦後は進駐軍と呼ばれたアメリカ軍と特殊な関係にあったような家なら、当時は貴重品だったチョコレートでもバナナでも肉でもたくさんあったかもしれないが、まともな生活者なら、お金のあるなしにかかわらず、食べるものにも、衣服にも不自由しているのが普通だった。貯金も「預金封鎖」という経済処置に遭って、誰でも一カ月間にいくらという限定額しかお金を下ろすことができなかった。

今でこそ私は当時を振り返って「さわやかな貧乏の時代」だった、と思えるけれど、当時子供だった私にそんな心理的な余裕があったわけではない。アメリカ軍人の下士官や兵の奥さんや娘さんたちが着ているような素朴なギンガムの木綿の夏服地でさえ、夢のようにきれいに見えて、あんな服地で洋服を作りたいなあ、と憧れていた。卵を三つ使ったオムレツも食べたかった。当時の私は、うちの応接間にかかっていた厚手のビロードのカーテンを下ろして、それで作ったオーバーを着ていた。ところどころ既に色が褪《あ》せていたのだが、それでも私はAラインのオーバーをそれなりにしゃれたものだと思って満足していたのである。だからマーガレット・ミッチェルの『風と共に去りぬ』の中で描かれる南北戦争の後の混乱と貧困の話は、人ごととは思えずに身につまされた。

私たちは昔の女学校と新制高校の切り換えの時期にいた。すぐお嫁に貰ってもらえそうな同級生は女学校、つまり高校二年生で卒業した。大学に進むのは、勉強が好きで、経済的にも余裕のある家庭の娘だったはずだが、私のように勉強が好きでもないのだけれど、すぐ結婚する当てもなく、何となく無難に時間稼ぎをしたいようなのも大学に行った。私の家など、当時父が直腸癌の手術の後で職を引き、つまり失業者なのに、いささかの財産税も取られ、預金封鎖には遭い、お金がなかったので、私は伯父が出してくれたお金と育英会の奨学資金で大学に通っていた。

まあ、誰でもが当時の貧乏を語り出せばいくらでも話が尽きない時代である。

その私の知人は、はやばやとお嫁に行ったグループの一人だった。つまりいち早く貰われたのである。これは「縁遠い娘」の反対であった。しかも相手は東大法学部を出て、超一流の会社に入った人とである。

それでも客観と主観は常に大きく違うものらしく、東大法学部卒業のぴかぴか秀才と結婚したその知人は、今でも「私なんか口減らしのために無理やりに嫁にやられたんだから」と言うのである。確かに彼女は兄弟姉妹が多かった。

口減らし、などという言葉は多分今の人は知らないだろう。家族が多ければそれだけ食費がかかる。だから、給料なんかもらえなくても、食費を出さなくて済むために、娘や息子を働きに出す、というケースが昔はいくらでもあったのである。これを「口減らし」と言った。しかし誰が見てもお邸町の洋館育ちの娘の言うことではない。そのアンバランスが何とも愉快なのである。

もっとも「理想の人と出会えた」などという結婚のケースは、私の周囲でもごく僅《わず》かで、なかには「医者はいや、長男はいや、地方で暮らすのはいや。この三つは絶対にいや」と言っていたのに「医者で、長男で、地方の開業医」と結婚した人もいる。その「怨《うら》み節《ぶし》」も毎回出るのだが、私たちはそれで笑いが止まらない。

アフリカなどでは、口減らし意識は今でも多い。娘たちを、修道院が経営する病院などで働かす時、親たちの第一の動機は口減らしである。もちろん貧しい修道院でも娘たちをただ働きさせているわけではなく、僅かなお小遣いくらいは与えているけれど、月給というほどのものではない。修道院自体が、質素な暮らしをしているからだ。それでも貧しい親たちは、娘たちがどこかで食べさせてもらえていれば、口減らしができた、と喜んでいる。

日本ではもうそういう発想は全くなくなった。それでも私の知人は、そう言ってヒガンデみせる。すると私たちも「あなたが兄弟の中で一番大食いだからよ」とか「大きな声で笑って喧《やかま》しいからおヨメに出されたんじゃないの？」とからかうのが楽しみなのである。

非常に単純な言い方をすれば、年を取って人間ができるようになることは、見《み》栄《え》を張らないようになることである。

人は誰にでも、危機というものがある。お金がなくて困った。もう離婚しようかと思った。子供と心中を考えた。さまざまな危機的状況が人間の生涯には必ず訪れる。若い時には、それを隠したくなるものだ。自分だけが、そのような屈辱的な、悲惨な状況を過ごしているのだから、人にはとうてい恥ずかしくて言えない、と思うのである。しかし次第に「人生には何でもありだ」ということが分かって来る。

隠す、とか、見栄を張らねばならない、という感情はまず第一に未熟なものだ。或る年になれば、隠しても必ず真実は表れるものだ、という現実を知るのが普通である。もし人が本当に自分の真実を隠したいのだったら、人のいない森に一人で引きこもる以外にない。通常の生活をしていれば、その人がどんな暮らしをしているか、何を考えているかは大体のところ筒抜けになる。だから隠しても仕方がないのだ。

第二に、見栄を張る人は、人生というところは、何があっても不思議はない場所だ、という事実を自覚していない。用心すれば、自動車事故は起こさなくて済む、というのも一面の真実だが、どんなに用心していても、相手の自動車がこちらに向かって飛び込んで来たり、自分の車がスリップしたりすることを止めようがない場合もある。だから私たちは年を取るに従って心のどこかで覚悟をしているのだ。何ごとも自分の身の上に起こり得る、ということを承認しよう、と。だから自分は常にいい状態にいる、とか、自分はいい人だ、とかいうことを改めて言わなくてもいい、という気分になるのである。

私はここ数年、できるだけ暇を作って、淋巴《リンパ》マッサージを受けるようになった。

私が体の異常を覚えたのは、脇の下に、茹《ゆ》で卵を縦半分に割ったようなしこりができたからである。私は太ってそこに贅肉《ぜいにく》がついたのだと思っていたが、知人の医者にいわせると、関節には、贅肉がつかないものだ、という。

私の体は、長年の間にいつのまにか淋巴の集まるところがすべて固くしこっていたのである。それは物理的に言うと、私の職業の結果であろう。私にとって働くということは、じっと椅子に坐って動かないことであった。つまり農業や漁業に従事する人と違って、働けば働くほど私の仕事では運動不足になる。

私は若い時からスポーツをするとかならず小さな故障を起こした。何もせず、ただこまめに家の中を動き廻る程度が一番いいのである。しかしその結果、私は淋巴の集まる手足の付け根を極端に動かすことの少ない生活を長年続けていたのかもしれない。

非科学的かもしれないが、人間の体のしこりが、長年の心理的な抑圧、つまりストレスと関係がある、という実感は私の中にあった。

マッサージ師は、私がこれほど体の部分部分の淋巴が滞る状態でいながら、よく長い間癌に罹《かか》らずにここまで来た、と言う。「あら、私は、ストレスを溜《た》めたりしていないわよ。人間ができてないから、大きな声で、その当人の前でよく聞こえるようにワルクチを言うことにしてるから」と私は説明しているが、人中に出ることが嫌いな私が組織の中や大勢の人前で暮らすことは、つまりいささかのストレスにはなっているのだと思う。

しかし私が癌にならなかったのは、つまり私は根本の所で見栄っぱりではなかったからだ、と思う。

「人の世にあることはすべて自分の上にも起こり、

人の中にある思いはすべて私の中にもある」

と私は思っているから、なにごとにも、悲しみはしても驚かないのである。なにものにもおおっぴらで、なにが起きても仕方なくそれを受け入れる、という姿勢は、いわゆる「快活な」とか「ネアカ」と言われる人の特徴である。それに対して、襲いかかる運命をすべて不当なものと感じ、その不運に襲われた自分を隠そうとする人が「ネクラ」と言われる人になる。私のほんとう「地」はネクラなのだが、私は意識的に、後天的に、ネアカになる技術を覚えたのである。

そんなことを考えていたら、たまたま『ミルトス』という隔月刊誌で、ヘブライ学者の前島誠氏が、「マタイによる福音書」の5・48に出て来るイエスの

「だから、あなたがたの天の父が完全であられるように、あなたがたも完全な者となりなさい」という言葉に関してすばらしい解釈を教えてくださっているエッセイを読んだ。この「完全な」という言葉は、何か弱い人間にとっては圧迫として感じられることも多い。なれっこないことを要求されているような感じだからだ。新約聖書の原典はギリシャ語だが、この「完全な」という言葉の原語はヘブライ語では「シャレム」という語に当たり、「自然のままの状態」のことを指すのだという。「申命記」には神の祭壇の築き方について、鉄のノミなどを当てない自然のままの石で築くことを命じている。余分な所をノミで削り落として、扱いいいような恰好《かっこう》にして石垣でも祭壇でも作るのが当然だと、私たちは考える。しかしヘブライ人たちは「掘り出されたままの原石」を「エヴェン・シェレマー」と呼んで、それで祭壇を築いた。形も不揃《ふぞろ》いな石を積むのは却《かえ》って手間もかかる。しかし完全とは、人間が手を加えたものではなく、創《つく》られたままの姿のことだ、とヘブライ人たちは考えたのだという。

「人はいつ完全と言えるのでしょうか。自分のありのままを自分で認めた時です。飾らず恰好つけることなく、そのままの自分を『これがわたしです』と心から言えた時、その人は完全への道にあるのです」

と前島氏は書いておられる。その不恰好な自分も、そのまま使って頂いて、祭壇の石材になることは可能なのだ。

年を取って老年になるか、病気の末に自分の死の近いことを知るか、どのような経過を辿るにせよ、晩年にこうした冷徹な眼ができるとすればすばらしいことである。

黙して死ぬことの意味

若い時の私の「世間との戦い」というものを思い出してみると（今から思うと、実に滑稽《こっけい》な闘争だと感じるのだが）そのほとんどは、自分の発言や書いたものが、正しく伝わらないということだった。

原稿でさえ、筆者自身が校正しないと間違って印刷される。着物を着る時の「おはしょり（御端折り）」を平仮名で書いたばかりに「おけしょう」と印刷されたこともあった。おけしょうでは全く意味が通じていないのだが、編集部の若者が恐らく着物の着付けの呼称になど、馴《な》れていなかったのであろう。

丸一行抜けた文章が組まれて、全く意味が逆になったまま雑誌に載ったこともある。こんな時の後味の悪さと言ったら数カ月も抜けないことがある。

今では私は、インタビューの時、たった一つの条件として、「私の発言をお使いになる時には、その部分だけ見せてください」ということにしている。その代わり忙しい記者氏にそれだけ手数をかけさせるのだから、時間を指定してくれれば、私はファックスの機械の前で待っていて、即刻原稿に手を入れて返送するのである。

私の物書き仲間の友だちが、腹に据えかねて電話をして来るのは、すべてインタビューを勝手に、ニュアンスを間違って発表された、ということばかりだったような気がする。

私の長い間の体験によると、そもそもインタビュー記事を正確に書ける人などというものは、十人に一人か二人なのである。その一人か二人の特徴は、恐ろしく耳がいいということだ。もっと卑近な言い方をすれば、その人は恐らく声帯模写がうまいはずなのである。だから話し手の言葉の癖、照れた時の独特な言い廻し、どこをごまかしどこを正確に言おうとしたか、などの細部を捕まえることができるのである。

しかし普通の秀才には、こういう才能は皆無だ。でも、世間は誰でも一応の秀才なら、インタビュー記事も書ける、と思っている。それが困るのだ。

最近では、「私も一応物書きですので、そういう複雑な問題は、そのうちに自分で書きますから」と言うことも多い。相手がどんな嫌な思いをしているかは気がつかないふりをして、やんわりと断るのである。それが少なくとも自分の精神の平和のためには、いいことのようだ。

しかし何十年も生きて来ると、今また少し違った感慨も抱くようになった。インタビューの記事はニュアンスまで正しい方がいい。しかし人間関係は、必ずしもそうとは言えない部分がある、と思うようになったのである。

私はいつも人から言いたい放題だと思われているが、人間関係に関しては、決定的なことはほとんど何も言わないことにしている。誰かの書いたものに対してはっきり言うことはあるが、その人の全人格や生きかたに対しては言及したことがない。子供に対しても孫に対しても、親友に対しても、礼儀を守って、重大なことは何も言わない。それは私が彼らに冷たいからなのでもなく、諦めているからでもない。とことん言ってしまう、ということは事実上不可能だし、それが美しいとも思わなくなったからである。

長い人生を見ていると、人は皆、自分の眼力、背丈、能力などに合わせて、運命を選んでいる。私がまさにそうであった。私自身の中に、かなりよく知っている世界と、ほとんど知らない分野とが、ひどいアンバランスで混在していた。私は若い時に小説のために勉強して、人より知っていると思う世界も作ったが、政治やスポーツとなると、人並みよりずっと劣った知識しかなかった。政治の仕組みも知らない。政治家で顔と名前がきちんとくっつく人などごく少数であった。

しかし私が比較的のんびりと自然に人生を送れたのは、知っていることと、知らないことを分離していたからである。すべてのことを知っているように見せかけると、後が大変だ。また大きく他人を誤らせる。

私は小説家だけあって、昔から多くの家族をじっと観察して来た。決して内側まで立ち入ってその内情を探ろうとして来たのではない。私は自然に与えられたデータだけで分析して来たのである。もちろんその傍らで、私は自分の家庭もまた観察し続けていた。だから私は小説が書けたのである。

このごろあまり使われなくなった言葉に「親孝行」というものがあるが、この親孝行な子供とその親とがどうしてできるかと言うと、一つの鍵があるような気がする。親孝行な子供は、幼い時から、どこかで耐えることをしつけられて来た家庭に生まれている。もちろん、耐えることの全くない子供などというものはないだろう。しかし物分かりのいい、甘いしつけの家庭には、なかなか親孝行な子供は生まれにくい。

親との生活の中で、親と苦労を分かち合う体験を持った子供だけが、親を大切にする。しかし親が子供に艱難辛苦《かんなんしんく》を強いず、子供だけには苦労をさせたくない、と思う場合には、子供がなぜか大人に育たないのである。

子供は一定の年になったら必ず親から自立し、それまで親の庇護を受けていた立場と反対に、親を庇護する自覚を持たねばならない。親がどんなに元気で社会的活動を続けていようと、七十歳の親を四十歳の子供は、完全に労《いたわ》る立場にある。私は四十代の子供が、経済的にもすべての親の面倒を見るように、と言っているのではない。人の価値は経済力とは、一応別のものだ。しかし精神においては、少なくとも人間は四十代の壮年になれば親の精神力を凌駕《りょうが》しなければならない、と私は思うのだが、現代の多くの子供たちはこの自覚を持たない。この中年の子供の異常な未成熟が、世間を歪《ゆが》めている、と思うことが多い。

脅迫というと、私たちはギャングや国際的なテロ組織が使う手口だと思っている。しかし一番多いのは、実は家庭内の家族関係においてではないか、と思う時もある。一番簡単な手口は親を疎遠という形で捨てることだ。電話もかけず、会いにも行かない。そうした阻害の方法がどんなに親の心を傷つけるかをよく知った上で、復讐するのである。

何故復讐するかと言うと、それがせめてもの楽しみだからだ。それは仕事もなく、電気も水も切られたままの貧しいイラクに住む部族が、米兵を狙い撃ちすることをせめてもの生き甲斐と娯楽にするようなものだ。

親が悲しがって連絡を取ったり、お願いして会ってもらうようにしたりすると、それを恩に着せるか、断ることによって復讐する。こういうタイプの脅迫を世間にも知られず行う子供世代はめっきり増えたように思う。

話はここから始まる。

こういう辛い目に遭う親世代は、何とかして自分の立場をわかって貰おうとする。心を許せる親友には話し、密かにノートに書き綴《つづ》る。和歌や俳句はなぜかかなりの真実を書いても許される、という不思議な芸術性を持っている。少し社会的立場にある人の中には、マスコミを巻き込んででも、自分たちが正しい態度を取っていたという証拠を残そうとする人もいる。さもないと、自分が死んだ後で、どれほどの間違ったことが「事実」として残るか知れない、と思うだろう。

親と子が、それぞれ自分の立場に妥協しなければ、「マスコミにすべてをぶちまけます」と、その通りに口に出しては言わないまでも、それに近いことを仄《ほの》めかせる家庭もあった。こうした場合、社会的に力を持つ有名な家ほど、内部告発を受けた後のダメージが大きいということを、脅迫者はちゃんと計算しているのである。実にこの手の卑怯《ひきょう》な脅迫は、ギャングやイラクのテロリストだけのものではないのだ。

別にテロや脅迫に屈するのではないが、私は親子関係において反論や説明や弁解を一切しないことに賛成だ。つまり真実は語らずに死ね、と思うのである。

もっとも誰一人として事実を知ってくれる人もなく死ぬということは辛いことだろう。そういう場合に限って、世間はいかにも知ったかぶりで「あそこの親御さんたちは、そうとうものがわからないらしいわよ。だから息子さん夫婦も大変なのよ」などと判事役を買って出たがる。事実は全く正反対の場合でも、世間はそのような物語の筋立ての方をおもしろがる。

そこで私が思うのは、宗教の必要性である。そんなことを言うと、私は自分のいい加減な信仰のことを思って恥ずかしいのだが、私にはやはりいつも心のどこかに必ず神があった。だからすべてのことは、見通されているという実感を失ったことはないのである。

私の友だちの中には「神なんかあるもんですか」「あの世なんて私は信じていないから」と明言する人たちもかなりいるが、私は、そうした人たちとも何のわだかまりもなく、友好関係を保って来た。人は誰もが、自由な立場で誰からも侵されずに生きればいいのである。しかしその時、もし神がいないと、この世で自分の考えをわかってくれる人が一人もいないことになる。それはやはり寂しく悲しいことかもしれない、と思うことはあった。

新約聖書で、神は「隠れた所にあって、隠れたものを見ている」方ということになっている。私たちがどんなに押し入れの中でさらに毛布を被《かぶ》って無言で悪事を考えようとも、神はレントゲンのようにすべてをお見通しになる方だというのだから始末に悪い。

確かになまじっか神などいると、都合の悪い面もある。もし神がいなければ、浮気をしても妻に知られずに済めばそれで情事は大成功だ。しかし神がいれば、その事実は永遠に覚えられていることになる。

神がいるように時々でも思える人は、決して身近な人の自分に対する裏切りなど、書き残して死のう、と思ってはならない。弁明し、自分の言ったことだけが真実で、そうでないものは、どこかで嘘をついているのだ、などと書くと、生き残ってその対象になった人が傷つくからである。

私たちは自分が書き残そうとする「真実」によって傷つく相手を、深く愛したことこそあれ、決して憎んだことも、彼らが不幸になればいいと思ったこともなかったはずである。だから私たちは喜んで、間違った非難の対象として死ねばいいのだ、と思う。弁明して死ぬと、生き残った人の方が多くの場合深く傷つき、さらに新たな攻撃に出たりする。そんな醜い関係を長く続けるのは、何より悲しいものなので、少なくとも、私なら取らない選択である。

もう五十年以上も、小説家の「お喋り」をし続けて来た私が、「沈黙の美」などについてふれると、笑い出す人も多いだろうが、お喋りの恥を知る立場だけに、私は押し黙ることの勇気についても人一倍評価しているつもりだ。

沈黙は神に直結し、多弁は愚かな人間同士を結ぶ。愚か者は愚か者同士、屯《たむろ》するのも悪くはないのだが、愚か者が愚か者として働けるのは、賢者の有効性を認識し、尊敬する場合である。私はせめて死ぬまでに、黙って死ねる人間になりたい。それができれば私の人生はかなり香りのいいものになるはずだ。

失恋を語るホセ

先日、新国立劇場で、ひさしぶりにビゼーの『カルメン』を見た。このオペラがつくづく名作だと思うのは、私のような音楽の才能のない者でも、見終わって劇場を出る時には、その一部を思わず口ずさむようなメロディがあることである。第二幕の「闘牛士の歌」などもその一つで、観客の誰もがその世界に遊んでいるのである。

昔やくざ映画が場末の映画館にかかると、出て来る観客の何人かが、必ず登場人物と同じような足つきで歩いている、と当時まだ高校生だった息子が言ったことがある。芸術性は別として、それだけ感情移入がすんなりとできたことの証だから、これもやはりいい映画だったのである。

オペラがおもしろくなったのは、日本語の字幕がつくようになったからだと思う。全体の粗筋は知っていても、やはり会話には掛け合いのおもしろさがあるのだから、それが細かく伝わるようになってから、正直なところ外国でオペラを見るより、日本で見る方がいいと思うようになった。細部がわかるということはそれほどすばらしいことなのだ。

しかしオペラの『カルメン』の筋は次第に私の中で興味を失いかけている。物語の運びがあまりにも若いので、老齢の私の人生解釈にはいささか堪えなくなって来ている。

『カルメン』の物語はよく知っている、という方も多いだろうが、細部の記憶があやふやになりかけている方のために、できるだけ簡単にストーリーを述べよう。

このオペラの主人公は、煙草工場の女工、カルメンという美貌《びぼう》で奔放な性格の女性である。物語は一種の三角関係で、カルメンに惚《ほ》れているホセという下士官とエスカミーリョという闘牛士が登場する。

私は主軸をホセという下士官において考えてみる。

セヴィリアの町のと或る広場で、ホセはカルメンと会う。カルメンはすべての男が自分に注目していると思っていたのだが、ホセだけは目もくれないのでそれが気に障ってしかたがない。カルメンはホセに一輪の花を投げて去る。

カルメンは工場で朋輩《ほうばい》と喧嘩をし、相手を刺す。ホセがカルメンを勾留《こうりゅう》する役目になる。その時初めて、ホセの心はこの魔性の女の視線を浴びて変質するのである。

ホセに引っ立てられながら、カルメンは色仕掛けでホセに自分を逃がしてくれるように頼む。「あんたが縄をほどいてくれれば、あんたのためだけに酒場で踊るわ」という調子だ。ホセが抗しきれず縄をほどいたとたんに、カルメンはホセを突き飛ばして逃走し、ホセは犯人を逃がした罪のために逮捕される。

そもそもホセは母想いの優しい青年であった。母は息子のためにミカエラという同郷の慎《つつ》ましい娘を許嫁《いいなづけ》にするように勧めようとしている。ミカエラもまたホセを愛しながら、思い切ってそれを口にも態度にも出せないような恥ずかしがりの娘として描かれている。

その後、ホセはカルメンがほんとうに恋をしていて、その相手が花形闘牛士エスカミーリョであることを知る。カルメンはホセの上官にも気があるふりをする。ホセの嫉妬《しっと》が激しくなるとカルメンはそれをおもしろがって、「今度はあんたのためだけに踊るわ」という台詞《せりふ》を繰り返す。そしてホセが兵営からの帰隊ラッパで帰ろうとするのをあざ笑ったりする。ホセは女を取るか、仕事を取るか、というよくある図式で迫られるのである。その結果、ホセの堕落を心配して連れ戻しに来た上官とも取っ組み合いになり、それを引き分けた密輸商人たちに恩義ができて、ホセは遂に無法者の一味と別れられなくなる。

　ホセはカルメンと密輸商人のグループで暮らすようになった。ホセの母が死にかかっていることを告げにミカエラはホセに会いに来る。彼女はまだホセを真人間の道に引き戻そうとしているのである。

　たまたま牛を連れてセヴィリアを目指していたエスカミーリョは、密輸商人たちの宿営地の傍を通りかかり、ホセはカルメンが愛した男というのは、彼だということを知ってエスカミーリョに決闘を申し込む。しかし二人はまたもや密輸商人たちに引き分けられ、エスカミーリョは、鷹揚《おうよう》にカルメンと密輸商人たちを闘牛場に招待する。

　ホセは今や人生の敗北者である。一方エスカミーリョは、人生の花道を歩いている。エスカミーリョを追って闘牛場へ出掛けたカルメンを、ホセも追って行く。カルメンはエスカミーリョに愛を打ち明け、追いすがるホセには、「私は自由よ」と冷たく言い放つ。その言葉に、ホセは逆上してカルメンを刺し殺すのである。

カルメンは一種の典型的な女性である。近づく男がすべて自分に惹《ひ》かれると思い、しかも常にすてきで、華やかで、皆の羨望《せんぼう》になるような男が好きなのである。それを悪いとは言えないが、実人生として見ても、文学として見てもあまりに典型的過ぎて退屈な部分がある。

ホセ型の男は、昔から今までどれほどいたか知れない。なぜその女が好きになったのか、と聞かれても言葉では説明できない場合が多い。好きになる理由を言える恋は、恋でなくて計算なのかと思うこともあるが、理由の言えない好きになる理由は多くの場合危険をはらんでいる。

ホセの年齢は書かれていないが、もしかするとカルメンが十代、ホセは二十代の初めかもしれない。そんな年齢の人たちに、もっと人生の生き方において賢くなれ、と言っても無理なのだろうが、ここに書かれているホセの性格は、朴《ぼく》訥《とつ》ではあるが、無思慮、賢くない、という若者の一つの特徴が描かれている。

そう思うのが、いや思えるのが、年を重ねたおもしろさなのだ。

年齢を重ねるほどに私たちは複雑な見方ができるようになる。現実に人や人生を見る眼はできるのだが、一方で賢くなって自分の眼を信じなくもなるのである。

私たちは、そもそも時の動きを正確に把握できる能力などというものは始めから持ち合わせていないらしい。年を重ねれば自然にそのことに私たちは気づくのだ。私たちは、学問をし、本を読み、人と付き合い、その体験によっていくらかは未来を読めるようにはなるかもしれない。しかしそれは程度問題だ。

経済学を学んだからと言って、株を買って必ず儲かるということはない。もし人を百パーセント見抜くことができるなら、詐欺にひっかかるということはないだろう。しかし途方もない儲け話にころり騙されるのは、多くの場合年寄りなのである。何十年も生きて来て、どうしてそんなばかな話に引っかかったのか、と思うことがよくあるが、楽をして儲けたい、という気持ちがまだ整理されなかった高齢者はたくさんいる、ということだ。

しかし一般的に言って年を取る意味は、すぐ目につくだけでも三つの特徴がある。第一にそれほど一途《いちず》ではなくなることだろう。カルメンの妖《あや》しい魅力にうたれはするが、そういう女は男を滅ぼすもとだ、という用心も反射的に起こるようになる。或いは母を悲しませるようなことはしたくない、という形でのブレーキもかかる。

不純になるのだ、と言えばそれまでだが、人間に純を求めても、ほとんどいいことはない。人間は躊躇《ちゅうちょ》と不純という安全弁の機能を本質的に持ち合わせている存在なのである。それがないということは、やはり機能の一つが壊れている証拠だと言ってもいい。

第二の特徴は、人間が次第に男女の関係だけではない感覚を持つようになることだ。人間は何歳になっても男と女だ、ということも一面では本当である。なぜなら、男性でも女性でもない人間はこの世に存在しないのだから、何歳になっても男性らしさと女性らしさとが残って当然なのである。その点最近流行《はや》りのジェンダー・フリーという発想は不気味である。男女どちらにもはっきりと所属できない感覚に病的に苦しんでいる人が世間にはごく稀にではあるがいることを思うと、男女どちらかだという認識に安定して、それらしく生きることの可能性を与えられた健全な生活に感謝せずにはいられないのが普通だ。

しかし時には男女さえも越えて、健全な父と娘の、或いは、極めて人間的な母と息子の感覚に近いものを覚えることもある。ホセがカルメンに対して、それほどエスカミーリョがいいというなら、彼といっしょに暮らしてみたらいい、という感じ方もできるはずである。私は少数ながら、こういう感じになって相手を解放した男女を知っている。

もちろんそうした感情は、決して単純なものではないだろう。思い通りにさせて、それがどれほど間違っていたかを実感させよう、という懲罰に近い思いもあるだろうし、ごく自然にそういう形を取ることで今までの関係を解消したいという計算ずくの人もいるかもしれない。しかし好きだった人にはその望むことをさせる、という原則が消えることもないはずだ。

第三の特徴は、前にも書いたことがあるが、年と共に運を信じるようになることである。努力が無意味というのでもない。しかし努力だけで人生が開けるとも思わない。好きだと思った女と結婚することでいい人生を送る人もいるし、それが不運の原因になる人もいる。反対に本当に好きだった人には失恋し、大した情熱もなく結婚した相手が、大きな幸運をもたらしてくれることもある。

そうした意外性を含めて、運があるから（或いはないから）従う他仕方がないだろう、と感じることが、老年の、或いは末期の眼の透明さというものなのだ。

私はごく最近、オーストラリアへの旅をした。夏の暑さを避けるという怠惰な目的もあったが、私が個人だったら決して行かないだろうと思われる観光地で、幾つかの発見をした。その一つはピナクルと呼ばれる自然の砂岩の塔のようなものが、砂漠に点在している土地である。

この地域の発見の歴史をみると、ほんとうにおもしろい。一八三七年、パースの北七百二十キロの地点で遭難した船のジョージ・グレイ船長は、仕方なくパースに向けて徒歩で歩き始めた。途中でこのグループは二つに分かれた。そしていろいろな偶然から、二日遅れて歩いていたウォーカーが率いるグループが、この特異な砂漠を発見した。

それから約九年後に、グレゴリーという探検家がこの地方を通っているが、ウォーカーの報告書が当時すでにあったにもかかわらず、この奇観を示す砂漠を発見できなかった。このナンバン砂漠は海からはたった二キロ奥で、土地全体は海抜で六十メートルもあり、しかも四百ヘクタール以上にもわたって広がっているというのに、発見できない人は発見できないのである。海から一望にして見えるはずだ、という気もするが、自分の目線の直《す》ぐ先に高さ数メートルの木があるだけで、砂漠の中のピナクルの奇観は恐らく隠されて見えなかったのである。

私たちは発見できなかった探検家を非難することはできない。運がちょっと足りなかっただけなのだ。

五十年後、六十年後を想像することができないことは別に若気の過ちではない、という人もいるが、やはりそれは老年にはない単純さというべきであろう。五十歳になったホセがカルメンとの失恋を静かに語るオペラこそ、大人の鑑賞に堪える筋になっているだろう。

はるかにそれを見て喜びの声をあげ

人中に行くのがいやだ、という理由で私はカトリックであるにもかかわらずよく教会へ行くのをさぼるのだが、行った時には、その日に読まれる使徒たちの書簡や福音書の朗読を聞いて、改めて深い感動を覚えることが多い。

先日も教会で新約聖書の中の「ヘブライ人への手紙」の十一章という個所を聞いて、私はひさしぶりで感動の波に洗われるのを感じた。

今調べてみると、私が亡き恩師の堀田雄康《ゆうこう》神父からその個所について教えられたのは、一九八五年七月六日だという日付さえ残っている。その頃から私は、特に私の心に触れた個所にぎざぎざの傍線を引く習慣があった。半ば朽ちかけたようなテキストのその個所には、今から約二十年近くも前の私が感動したという証拠のような傍線があった。それは私という人間の心が継続して生きていたことの証であり、その感動が多少質の違いを見せていることはあっても、全く消えていないことは何となくほっとすることであった。

「ヘブライ人への手紙」は、パウロが書いたという説と、そうでないという説がある。その理由の一つは言葉遣いで、「ハパクス・レゴメノン」（新約聖書の中で一回きりしか使われない語）が、ここには百六十八語も使われているからパウロの文体としては違いすぎる、と学者はいう。しかし私が、自分が学者でなくてよかった、と心密かに思えるのはこういう時である。筆者がパウロだろうがそうでなかろうが、私は内容に感動するのであって、著者によってその価値はいささかも変わらない。筆者によって感動するかしないかを決めるというのは権威主義というものである。この書物の書かれた時期は、比較的はっきりしており、紀元五四年から五八年に至るパウロの他の書簡執筆後から、七〇年のエルサレム滅亡までの間とされている。

十一章は次のように始まる。

「信仰とは、望んでいる事柄を確信し、見えない事実を確認することです。昔の人たちは、この信仰のゆえに神に認められました。

信仰によって、わたしたちは、この世界が神の言葉によって創造され、従って見えるものは、目に見えているものからできたのではないことが分かるのです」

こういう表現は、今最も受け入れられないものであることを私は知っている。しかしそれだからこそ、私はこの言葉の持つ現実性に惹かれるのである。

人間は、普通にまともなら、望んでいることがあるはずである。最近何の望みもなくて、自分の生きる目的を探してくれ、などと人に頼む甘えた若者もいるというが、昔から「一仕事なし遂げた人たち」は、皆自分の望んでいることを知っていた人ばかりだった。高い山に登ったり、大洋を一人乗りの船で横断するなどという行為は、誰もその成功を百パーセント信じていたのではないだろう、と思う。できる、と確信したのではないが、自己と人間の限度を知るために、自分がそれを望んでいることを確信したのである。

もちろんこの「ヘブライ人への手紙」においては、「望んでいる事柄」というのは、エヴェレスト登頂とか太平洋のヨットによる単独横断などということではない。この手紙の筆者によれば、それは信仰であったが、もちろん私たちは一つの書物を固定観念で読まなくてもいい、と私は考えている。

「望んでいる事柄を確信し」という文章の中の「確信」という言葉は、原語のギリシャ語では「現実のものになる」という意味合いのヒュポスタシスという単語で表されている。そしてこの語はギリシャ語独特の含みの多い深い意味を持つものと言われる。

この言葉は「ヒュポ（下に）＋ヒステーミ（置く）の二語が合成されてできた語で「土台、実在、実体」という意味である。しかしそれだけではない。ヒュポスタシスは、同時に「本質」という意味でもあり、さらに「確信」でもあるのだ。

これは実に、軽薄な現代において意味深長な言葉だと私は思う。現在は見かけを信じる時代だ。「オレオレ詐欺」が成り立つのも孫が災難に巻き込まれるのだけは防がねばならないというお祖母さんの短絡的弱みに付け込んだものだし、見知らぬ人からいい仕事があるからと言われただけで北朝鮮にまで連れて行かれるのも、すべて土台から実体を発見し、さらに本質を見つめ、それでやっと確信する、というまともな手順が省かれるのが普通になった軽薄な社会の風潮のせいである。

つまり生きるということは、天才の閃《ひらめ》きによるのではないのだ。鈍重に、「これはなんだろう」とコワゴワ近づいてみて、鼻で嗅《か》ぎ、形を見つめ、時にはそれから舐《な》めてみたり、手でちょっとひっくり返してみてから、決めるべきものなのだ。こういう操作は、犬や猫、多分、イノシシやサルなどがよくやる手順であり、行動なのである。人間はそんなことをしなくても、もっと手っとり早くことを認識する、と私たちは思っているけれど、実は土台抜きで行動を起こして、砂上の楼閣を築く場合が多い。

「ヘブライ人への手紙」はこの後で、「信仰によって生きた」人たちを挙げる。自分の飼う群の中からもっとも肥えた羊を捧《ささ》げたアベル、死と出会わなかったエノク、神の命令のままに方舟《はこぶね》を作ったノア、約束の地を信じて旅に出たアブラハムなどである。そして神はこれらの人たちに、その信仰を証する結末を与えられた。

そうした人々の名を挙げた後で、「ヘブライ人への手紙」は極めて端正な哀しみの人生を歌う。

「この人たちは皆、信仰を抱いて死にました。約束されたものを手に入れませんでしたが、はるかにそれを見て喜びの声をあげ、自分たちが地上ではよそ者であり、仮住まいの者であることを公に言い表したのです」

子供の時から、私は「人は皆、思いを残して死ぬものだ」と思っていた。それは私が子供時代を過ごした戦争とも明らかに関係がある。私が子供の時、既に大人として知っていた青年将校たちの多くは戦死した。死なないまでも、生き残った人生が崩れた人もいた。自殺した人さえもいた。「志半ばに倒れる」ことは従って人間共通の運命である、と私は見せつけられた。だから同情することもないが、だからこそ私たちはお互いの儚《はかな》い生涯に深く心をかけるべきでもあった。

今の時代にはこのような感情がない。志半ばで倒れるのは、大きな悲劇だと考える。そのような目に遭うのは「社会的弱者」であり、彼らが割を食うのは政府が悪いからであり、社会が堕落しているからであり、自由や平等が阻害されたからだと考える。しかしほんとうはすべての人が同じような目に遭っているのである。

聖書の思想は誰もが目標の地点には到達しないのだ、という。オリンピックで金メダルを取った人は、約束されたものを手に入れたではないか、と言う人もいるだろう。しかし彼ら個人の一人一人の生活の背後を深く知れば、決してそのようなものではないだろう。彼らもまた多くのものを失っているのだ。「ヘブライ人への手紙」には、死を目前にした人の姿が端正に描かれている。彼らはこの世では、現実にも、抽象的な意味でも、決して約束の地点に到達しなかった。しかし絶望し、自分の生は失敗だなどとは思わなかった。彼らははるかに自分たちが目指していたものを見て、喜びの声を上げたのだ。それは、自分たちの目指したものが、たとえそれを手に入れていなくとも、いまだに光り輝いているすばらしいものであったことを確信できたからであった。

ここに立つ人たちは、死の直前でもまだ、目的を見失っていなかった。その目標に向かって顔を挙げ、その目標を見つめていた。もし目標に到達してしまったら、むしろその瞬間から、人は虚《むな》しくなるかもしれない。彼らはむしろ現世で、目標に到達しなかったがゆえに、死の直前でもまだ、目的を失うことがなかった。それは確実に希望が繋がっている、ということでもあった。それが信仰というものの不思議な力であった。

もちろん人はそれぞれの自由を持っているけれど、私は今の人たちは、この「希望を叶えられない人生の意味」というものをあまりにも教えられていないことに驚く。昔は親も世間もそれを教えた。そしてその不幸の中で、人間として輝くことができることも教えた。

しかし今の人たちは――何度も言うことだが――いい年をした老人までが「安心して暮らせる社会を保証しろ」などと国に要求する。そんなものは初めからどこにもないことが、年を取ってもまだわからないのである。

「ヘブライ人への手紙」は、この世が仮の宿であり、自分たちは苦難に満ちた旅人としてこの世を去る、という宿命を知っていた。その確固たる認識があったからこそ、ほんとうの意味での信仰も、逆に感謝も生まれるのである。今は旅行者が奇禍に遭うようなことがあってはならない、という時代だ。旅の途中ででも病気になれば、どこででも医療を受けられねばならない、それが当たり前だ、と考える。しかし昔はそうではなかった。巡礼路と呼ばれるような道は、途中で倒れた多くの死者たちの墓場の連続であったと思われる。旅の途中では多くの場合病気になり、強盗にも襲われた。もちろん反対に親切な人にめぐり合って手厚い看護を受けたり、盗《と》られた金の代わりにいくばくかのお恵みを受けた人もいた。そのような危険に満ちた人生だったからこそ、ともかくも生き抜いて来た幸運を人々は感謝できたのである。

ここにはもっと深く人間の尊厳を保障するものがある。アベルも、エノクも、ノアも、アブラハムもそれぞれに神との契約を結んでいた。神は契約を結ぶという形で、人間への尊敬を表した。契約を結ぶということは人間の人格（ペルソナ）を神が尊重したことの表れであった。ペルソナは、「仮面を被った人格」だという。その人の本質はどうであろうと、その人が現世で受け持つ役割を示したものである。その建前と現実の乖離《かいり》はけっして嘘でもなく妥協でもない。いずれにせよ契約を結ぶことが可能なのは、ペルソナを持つ人間と人間との間、或いは神との間のみである。人間は、人間とは契約を結ぶが、動物とは契約を結ぶことができない。

もちろん自由な選択の中においてだが、私たちは自らの人生をどう生きるかを、神（理想）と人（現実）に対して契約を結ぶ必要があるだろう。それが叶えられようが、叶えられなかろうが、それがペルソナを持つ人間の証なのだ。

老年、或いは、死に近づいた若者は、必ずこの彼岸を見ている。たとえ叶えられなかったにせよ、そこに、自分の望んだものがあること、それゆえにそれを今もなお、最期の日まで求め続けて自分は生きて来られたこと、を確認する。それは極めて人間的なことだ。目標のない人間は絶望する他はない。だから私自身はやはり「ヘブライ人への手紙」が書くように「この人たちは皆、信仰を抱いて死にました」と言える状態で死にたいのである。

檻に入りたがるライオン

私は今七十代の前半で、年より特に若くもなく病弱でもなく、まあまあ人並みで暮らしている。歯が全部自前のおかげで入れ歯を作らずに済んで来た、と誇りたいのだが、生まれつきの近視だったから、他人が高級な義歯を作るくらいのお金は子供の時から眼鏡にかけて来た。だから同じことである。

昔誰だったかが「人は皆、年相応に見えるもんですよ」と言った言葉が好きである。一瞬若く見えても、数分間見ているとどこかに残された匂いがして来る。うんと老けて見えても、じっと見ているとどこかに残された若さが吹き出ることもある。

昔インドのハンセン病院で取材をしていた時、日本人のドクターに地方の巡回診療にも連れて行ってもらった。インドの貧しい家族の女性たちは、きれいな服を作ったり、顔にクリームを塗ったりする余裕は一切ない。髪には恐らく虱《しらみ》がいるだろうし、牛飼いや耕作などの労働に出て、埃《ほこり》と陽に晒《さら》された顔には深い皺が刻まれて、栄養が悪いのと子供をたくさん生むのとで、誰もが老婆のように見えるのに、私は初め驚いたのであった。

しかしドクターの傍に立って、何千人という患者たちを見ていると、私はまた新たな発見をした。或る日、私は一人の「老婆」を眼の前に見ていた。歯はもう二本ほどしか残っていない。髪は箒《ほうき》のようにばさばさである。

ドクターは初診患者に取るべきすべての手順を踏んでいた。ハンセン病の診断はとにかく皮膚を「見る」ことに尽きるようである。微かな脱色斑、その部分の隆起のあるなしや手触り。私は医師ではないから、正確には言えないけれど、手首、顔、背骨に沿った部分など、診断の手がかりになる個所を見て行くのである。

その「老婆」は手もしわしわだった。痩せている上に、毎日屈んで何か農作業をするのだろう。陽に焼けて、日本人だったら六十歳、七十歳の手である。しかしドクターが彼女の服をめくって背骨の周辺の病変を見ようとした時、私はどきっとした。彼女の背中だけは決して老婆ではなかった。それは恐らく三十代のまだ若々しい背中だった。

人は皆、その人の実人生だけ年を取っている。だから或る年齢になれば、他人はどんなに若く見えるとお世辞を言ってくれても、或る程度には年取って外見も機能も落ちて来る。

しかしその「おちかけの機能」を止める方法は少しあるように思う。「おちかけの外見」を止める方法は知らないが、肉体と精神の機能の低下は少しくい止めることはできるように思う。それは生活の第一線から、引退しないことである。職を引かないことではない。日常生活の営みを人任せにしないことである。生活とは、予期しない雑多さが特徴だ。突然嵐が吹いて屋根を飛ばされる買ったばかりのテレビがなぜか映りが悪くなる。突然一族の中で一番元気だった妹が病気になる。借地に家を建てて住んでいたら、地主のおじいさんが死んで、その息子が突然無理難題を言って来る。

宝くじに当たった、というようないい方の番狂わせは余り聞いたことがないが、それでも嬉しさ半分、迷惑半分だろう。突然の幸運は何に使ったらいいかわからない。人に知られたら悪口を言われる。無心に来る人もいる。こんな思いをするなら、宝くじなど当たらなかった方がいい、と思う人だっているだろう。

しかしそれが生活なのだ。年寄りにとって生活の重圧はもっとけちなことになる。玄関の広間の高い天井についている電球が切れた。ジャムの壜蓋が堅くて開かない。雪の日にうちの植木が雪で折れて道を塞《ふさ》いだ。若い時なら、そうしたことに対処することはさして困難ではない。しかし年を取ると、指には力がなくて、駄菓子の袋の封一つ開かなくなる。だから小さな鋏《はさみ》を持ち歩いている老人は多いのだが、それを愚かで杓子定規《しゃくしじょうぎ》なテロ対策のルールが飛行機の中ではどんな鋏も持ってはいけません、と取り上げる。こんな小さな鋏を振りかざして「俺は、ハイジャッカーだぞ」とすごむと、飛行機に乗り合わせたすべての男が恐ろしさに縮み上がり、手も足も出ないのだろうか、と思うほど小さい先の丸い鋏でも、規則は規則として取り上げる。こういう思考停止人間ばかりだから、杓子定規をやめさせようと努力する人もいない。「恥を知れ、バカモノ共」と私も年寄り風のタンカを切りたくなる。

高齢者も死病の人も、できる限り生活から引退してはならない。私も何度か老人ホームに憧れ、今でもついに体が利かなくなれば、やはりそうした施設と組織のお世話になる他はないとも思うが、しかし最近では、よくできた施設で暮らすことの危険性を感じ出している。そうした所にいる人達の特徴は、頭も運動機能もまだ充分なのに、一様に食事を自分で作らなくてもいいことを利点としてあげていることだ。

確かに私も忙しい日に食事の支度をしようと思うと、どうしたら手が抜けるかを考える。外食も悪くはないなあ、と思う。しかし毎日自分で食事の支度をすることは、何よりの頭と気力のトレーニングであろう。食品や冷蔵庫の管理というものは、実は意外と頭を使うものだ。私は自分がけちなせいか、食料品を残したり捨てたりすることが嫌でたまらない。残り物をうまく組み合わせて、何ができるかと毎日考えている。買いものに出るのが面倒くさいと、残った材料だけでどんなおかずができるかも考える。

生活とは、雑事の総合デパートである。電球も切れた場合を考えて買って置かねばならない。台所の壁紙が見るに見かねるほど黒ずんでくれば、明日の午後はあそこだけはきれいに拭こうと計画を立てる。喜んでやるのではない。むしろいやいや「ああ、面倒くさい」という呟《つぶや》きも洩れるのだが、人間は嫌なことをしていないと多分ばかになる。なぜなら、それが生きる世界の実相だからだ。

まだ知能が衰えていくわけでもないのに、老人ホームに暮らす人たちに独特の言葉がある。

「私はどうしたらいいんですかね」

という角度の聞き方である。

「私はどうして、そこへ行ったらいいの？」

という形の質問をする人が、大学出なのである。この人は、足もまだ歩ける。年金がたくさんあるからお金にはまず困らないと言っていい。視力もある。

もちろん未知の約束の場所にどうしたら行けるんだろうか、という不安や質問は誰でも持つことだ。しかしその場合は、「そこへ行くのに、一番近い駅はどこですか?」から始まり、「地下鉄だったら何駅がいいですか?」「いま、その急行は、一時間に何本くらいあるかご存じですか」と聞くのは自然だ。しかし「私はどうして、そこへ行ったらいいの?」という日本語には、自分の、行動、知性、決定、などを放棄した老化の特徴が見えている。

数年前、アフリカのブルキナ・ファソという国の首都ワガドゥーグーの近郊で、私は日本人には信じられないような場所を訪れた。その地方の村では人が死ぬと、それは寿命とか病気の結果だとは考えない。それは誰かが死んだ人を呪《のろ》ったからだということになり、呪術師《じゅじゅつし》がその「犯人」を探し出すのである。その方法は純粋に「ご祈禱《きとう》の結果のご託宣」という場合もあり、鶏の首を半分切り、そのまま走り回る鶏がぱたりと倒れたところにいた人、という話をしてくれた人もいるが、何にせよ犯人決定の儀式の現場を見たことがないのだから、不正確かもしれないが許して頂きたい。

ただその結果を、私たちは見たのだ。とにかく犯人とされた人は、村から追い出される。技術も、財産もある人たちではない。多くの場合、老女なのだから、体力もない。彼女たちは村から追い出されて、何のシェルターもなくさまようことになる。

これは現代版の「うば捨て」である。うば捨てがれっきとして存続している所もまだあったのだ。このでっちあげられた犯人の中には、村長さんのお母さんとか、呪術師のお祖母さんとかいう人はいないようである。つまり村の権力者の家の老人が犯人と断定されたり追放されたりすることはまずないらしい。それというのもこのうば捨ては、一人では食えなくなった労働退役人口を村が養うのは大変なので一種の合法的淘汰《とうた》の方法として考え出されたものとしか今のところ私には考えられない。だから追放される「犯人」の中に男性が極度に少ないのも頷《うなず》ける。男性は女性より年取ってもまだ肉体労働ができるのである。

こうして捨てられて山野をうろつく老女たちがあまりにかわいそうなので、カトリックのシスターたちが、空き地にがらんどうの廃屋が接続したような場所を確保して、そこに数百人を収容するようになった。老女たち、と言っても、どう見ても四十代と思われる人もいる。彼女たちは、昼間は屋根のないコンクリートの上で、他人との間隔はほんのニメートルか三メートルで坐っている。綿を紡ぐ人、糸を撚《よ》る人、コラの実を一包み二・五円くらいで売る人などさまざまである。まるでギリシャ神話をオペラにした舞台面を見るようだ、と私は思った。

彼女らは、夜になるとがらんとした廃屋の中の自分の「敷地」に寝る。敷地と言っても区切りがあるわけではない。何となく自分の場所と決めて箱とかボロの包みとかで境界線を明示して占拠した小さな空間である。

寂しくないとは言えるだろうが、日本人から考えたら、野天の放し飼いのようなものである。もちろん蛇口があって水が出るようになっていたが、その時のショックは忘れ難い。シスターたちが日に二食は給食しているから、飢えて死ぬことはない。が、何が楽しみなのか、と胸が痛む。

私たちは通訳を通して捨てられた人たちと自由に喋ってもいいけれど、どこから来たかとか、家族は何人なのか、というような質問だけはしないでくれ、と釘《くぎ》を刺されていた。せっかく過去を忘れて現在に生きるようになりかけた人が、過去を思い出させられると激しく動揺して、それがなかなか治らないのだという。しかし救いは、中の何人かには息子など時々会いに来る家族がいるということだ。そんな時には食べ物も持ってくるだろうし、どんなに嬉しいだろう。しかし同時にそれは、誰も会いに来てくれる人のいない老人の寂しさを引き起こすことにもなる。

どのような人も晩年まで生活と闘わねばならないのである。体が動く間は、自分で「餌」を探しに行くのが当然だ。それが動物の基本姿勢である。

しかし最近では自分が働かなくてもいいように、社会的施設や設備をお金で買えるようになった。それは捕まらないのにライオンが自ら志願して動物園の檻に入るようなものだ、と私は感じるようになっている。安全に飽食し、弱肉強食の原則にも組み入れられず、敵に襲撃される危険性も全くない動物園の動物の一生は、やはり幸福とは思えない。ほんとうに病気になって動けなくなった野生動物は、保護される手段があった方がいい。しかしそれまでは、毛皮がすり切れて禿《は》げのようになり、眼もうつろに、足もよろよろになるまで、動物は自ら生きようとするのが普通なのである。その基本原則を胆《きも》に銘じた上で、人間も死までの計画を立てた方がいいと、私は自分に言い聞かせている。

お爺さんの柴刈、お婆さんの洗濯

二〇〇四年に日本には十回の台風が上陸したという。台風襲来が下火になった十月二十三日は新潟県中越地震があった。震度6強という揺れ方はその瞬間何も考えられないショックだということは、テレビの画面からでも頷ける。関東大震災は震度7以上だったらしい。

人間は予想しないことに直面すると、放心する。恐らくそれが生体の防御本能だろう。それが救いになるように人体は設計されているのではないか、と私はご都合主義で考えている。ところで、こうした災害が続く中で、最近やたらに「頭が真っ白になって何も考えられない」という表現を聞いた。新潟県中越地震のような目に遭うと、人たちは「頭が真っ白になって何も考えられない」

のだという。

これと似たように、定型化した表現がある。貧しい国へ行くと必ず「子供の眼が輝いていた」という人がいまでもいる。昔、社会主義はなやかなりし頃の中国へ行った人たちは、貧しくて思想統制されている中国を訪問すると、決まって「子供の眼が輝いていた」と書いたものである。子供の眼などというものは、空腹でない程度にご飯を食べられていれば、どこの国でも輝いているもので、何らその国の幸福度や将来の希望を示す指数にはならないのにである。

せめて「子供の眼」によって希望を計りたくなるようなアフリカの国などには、必ずどこかには栄養失調児もいる。ハエにたかられたまま眠りこけている子もいる。その一方で、田舎の質素な暮らししか見たこともない素朴な子や、掏摸でもして金を儲けようと思っている町の浮浪児の眼は、輝いているものなのである。

「頭が真っ白になって何も考えられない」という表現は、災害が続く昨今、最も同情的な言葉の一つになっている。新潟県中越地震では、頭が真っ白になって何も考えられない人が始終画面に登場した。その人は何歳なのか、もちろんテレビはいちいち説明してくれない。しかし幸いにも「老年真っ只中」が二人もいる我が家では、夫婦で自分と引き比べて他人の年を推定しやすい。その結果、私と同じくらいか、それより明らかに若いと思われる人たちが、多分「頭が真っ白になって何も考えられない」からだろう、呆然となすところなく体育館の雑魚寝《ざこね》のスペースに座っている光景をよく映し出していたのである。

私は実年齢を以《もっ》てその人に働きを「要求」することは間違いだということをよく知っている。私は一九八四年以来、障害者と外国旅行をする企画に参加して来た。まだ五十歳で痛風を病んでいた人もいた。見かけは全く健康人と変わらない。しかし現実には体が痛いのだからほんとうに気の毒だった。

リューマチも始末が悪い。リューマチ患者はたいていい気さくな性格で、一見元気そのものである。客観的に頭のいい人が多いように思えるのは「うちの息子が言うんですよ。『お母さんはよく喋るな。舌が少しリューマチになればいいのに』って言うんですから」などと言って周囲を笑わせてくれるような人もいたからだろうか。

スラックスをはいていると、すらりとしてスタイルのいい人が片方義足だったことも何回かある。にこにこして痩せてはいるが健康そうに見える人が、消化器系の大きな手術をした直後だったという例は、どれほどあったろう。

人は見かけによらぬものなのである。だから一概には言えないが、それにしても被災地の高齢者はどこか私が子供の頃見ていた風雪に堪えて来た高齢者の姿ではなかった。年は取っていても自ら率先して何かをしようという姿がほとんどテレビの画面では見えなかったのである。それというのも「頭が真っ白になって何も考えられない」からだったのだろうし、またテレビの側に一つの先入観念ができていて、「災害にうちひしがれて茫然自失《ぼうぜんじしつ》している老世代」という視線に合う画面しか撮影しなかったからでもあるだろう。

若い人は「頭が真っ白になって何も考えられない」のも自然かもしれない。しかし少なくとも今日の七十代は戦争中に辛酸を嘗《な》めて来た。すべて戦争の影響である。物資がない。食料がない。燃料がない。それが長期に続いたのである。

ものがないだけではない。空襲が激しくなると、明日まで生きていられる保証もなかった。自宅が一晩で灰になった。その当時五歳以上の人は、多かれ少なかれそうした体験を記憶している。当時は五歳でも、日本は貧しいまま終戦を迎えたのだから、戦後の窮乏体験はずっと成長するまで尾を引いていたのである。

そういう修羅場を経験して来た人なら、地震で「頭が真っ白になって何も考えられない」ことはないはずなのだ。最初の地震で生き延びれば、余震で死ぬ率はうんと低くなっている。その日、翌日は食べるものがなくても、日本全体が被害を受けたわけではないのだから、恐らく三日目になれば必ずある程度の救援の態勢は整う。三日間くらいは水だけ飲んでいても死ぬことはほとんどない。こういう計算は揺れの瞬間には考えられなくても、揺れが治まればどうにか考えられるものだ。それが高齢者の体験という名の資産である。

終戦の頃、十三歳だった私は、東京でさんざんひどい空襲に遭った。B29という大型のアメリカの爆撃機の轟音《ごうおん》が頭上に迫ると、今度こそ爆弾や焼夷弾《しょういだん》の直撃に遭って死ぬかもしれない、と怯えていた。空襲と地震とどちらが怖いかなどという比較は愚かなことだろう。それらはそれぞれに人間の生を脅かして、心理に傷跡を残して行く。

しかし当時、心の傷を治すなどという考えも制度も社会にはなかったように思う。一番悪い時は過ぎた、と認識することが最良の治療法だった。終戦の日、これでもう空襲がないと思うと私の心は晴れ上がっていた。しかし日本を守るために戦って亡くなった人たちのことを考えれば、手放しで喜ぶ態度など示せなかった。しかし少女だった私は、長い間非常持ち出しのリュックの中に入れていた赤地に白でリボン模様を散らしたブラウスをズボンの上に着た。戦争が続いている間はそんなものは派手で着ることができなかった。小さな解放の喜びはそうして表した。

それから十三歳の私は、考え続けて来た。「頭が真っ白になって何も考えられない」などという暇はなかった。だから私は体験から言う。それは「甘え」なのだ。

体育館に、何もせず呆然と座っている高齢者たちは、ほんとうに何もできない人だったのか。私だったらいろいろとやることがある。余震の直後を狙って家に滑り込んで毛布を持ち出したり、現金やハンコの入れてある袋だけ抜いて来たりするだろう。それより先に、あの時間に夕食用の電気釜のご飯が炊けていたならば、何はともあれそれだけは持ち出して差し当たりその日の夕食を済ませようとしただろう。

夕食が済めば、今夜はどこで寝るか、明日の朝の食事はどうするか。水はどう確保するか、考えなければならない。「頭が真っ白になって何も考えられない」暇などない。

現在の私の家には米も蕎麦《そば》も缶詰もインスタント食品もある。寝袋も懐中電灯も蠟燭《ろうそく》も使い捨てカイロもある。炭と七輪の買い置きもある。それらは皆私が、長い年月アフリカなどの途上国で出会った厳しい経験から出たごく普通の用意である。

国家が何かをしてくれるだろうと思って、体育館の床に座り込み、配られて来る食事が足りないとかまずいとか言っていた人たちは、自力で何かをしようとしたのだろうか。地震と水害の後の不思議な恩恵は、とにかく燃料が身近にたくさんあることだ。地震の後では、壊れた家の壁面に張ってあったベニヤ板とか、つぶれたドアとか、落ちてきた天井の梁《はり》とか、とにかく燃えるものがいくらでもある。燃料があれば、そして鍋一つ地震の合間に台所から持ち出せれば、米所の新潟の収穫直後には、必ず十キロやそこらの米は各家庭にあったはずだから、それを炊いていればいいのである。

どこで炊くんですか、と私に聞いた若い人がいる。

答えは「大地の上どこでも」である。

地震の後はガス管があちこちで破れているので引火の恐れがある。だから火気は気を付けろと言われた。しかしそれならガス管とは無縁そうな人気《ひとけ》のない所で焚《た》き火《び》をすればいいのである。

焚き火は空気を汚染するからいけないでしょう、と若者は言う。日常は許されなくても、非常時には許されることがある。もっとも地球上の多くの最貧国に住む人たちは、「京都議定書」の存在など聞いたこともないから、毎日薪を燃して煮炊きをしている。新潟の被災地の人たちが、一月《ひとつき》や二月《ふたつき》、薪を燃して煙を出してもどうということはない。

アフリカの飢餓は旱魃《かんばつ》の結果である。ということは薪もなくなるのだ。仮に穀類を配ってもらっても、それを調理する手段がない。だから人々は座り込んで腰の周囲に生えている草を摘んでそれを口に入れている。国家にも社会にも、彼らを救う力は全くない。

燃すものがあれば、竈は大地の上どこにでも作れる。材料は石三個である。三個の大体同じ大きさの石は必ずその上に載せた鍋や薬缶《やかん》を安定させる。その石の間で廃材を燃す。被災ごみは量が減った方が助かるのだから、その場で大いに燃してあげればいいのである。鍋で米を炊く時の水は、米の量の一倍半。壊れたブロック塀でもあれば、そのブロックを積んでもっと上等の竈が作れる。竈を作るのは若いお爺《じい》さんの仕事、米を炊くのは若いお婆さんの仕事に適している。「お爺さんは山へ柴刈《しばかり》に、お婆さんは川へ洗濯に」という『桃太郎』のお話の冒頭部分は、折り目正しい生活の基本を示している。動転して「頭が真っ白になって何も考えられない」暇などないのである。

家族に死者が出た人たちは慰めようがない。まだローンが残っている家が倒壊した人たちも「頭が真っ白」ではなく「暗澹《あんたん》」とするだろう。お金の問題は、気持ちの持ちようで解決しない。新しく小さな家を建てようにも、少なくともまとまったなにがしかのお金が要る。それを思うと夜も眠れない人もいるだろう、と思う。

私とほとんど年が違わないように見える人が、「しかし、こういうことが、自分の身の上に起こるとは考えていなかった」と言っている。せっかく戦争を体験したのに、この人はあらゆることは人の身の上に起こることを忘れたのだろうか。それを心のどこかで容認せざるを得ないことを知ったのが、老いの豊かさというものなのだ。

こんな地震国に住むのは嫌だ、と考えている人もいるのではないだろうか。しかし今度の災害で、私は改めて日本の国力を見直した。新幹線の脱線を「事故」だという言い方をしたマスコミも多いが、私は一人の負傷者さえ出さなかったその構造に改めて賛辞を捧げたい。災害の後の復興を、自力だけでやっていける国家など、世界でほんの僅かだろう。当日は飢えても、その翌日からは、救援を軌道に乗せられる国家など優等生だ。ものと金だけではない。二歳の皆川優太ちゃんが九十二時間土砂の中に閉じ込められていたのを救ったのも、第二次災害の危険があるのも承知の上で救出に当たった消防救助機動部隊（ハイパーレスキュー隊）の功績だった。こういう日本人がいること自体がすばらしい国家なのである。その国家のために、高齢者は少し働いて、ご恩返しをするのが当然だ。

「愛の学校」

誰でも年を取ってからの自分の暮らし方については、いろいろと計画や思案をするものである。その際、生き方は大きく分けて二つである。どうにかして一人で独立した生活を続けようという人と、早めに自分の身柄を共同生活の庇護の元に預けようという人とである。いずれも健康に照らして考えなければならないことだ。自分や配偶者が元気でいればいいのだが、それでなければ、自分の食事さえ考えてくれる人がいない。昔は必ず子供たちが親や年上の兄弟姉妹などの面倒を見たものだが、今では息子娘でさえ、親たちと同居してその生活を支えるのが人間としての任務だとは考えないケースが多い。

私の周囲には、何が何でも一人で暮らす、と頑張っている人がいる。庭いじりをしたいから、どんなボロ家でも自宅が一番というのである。また自分の好きなものを食べるには、娘や息子夫婦とも同居は困る。老人ホームへも行かず、とにかく自分で料理をする他はない、とけなげに覚悟している食いしん坊老年もいる。料理は一見つまらない家事のようでいて、実は総合的な判断が要るものだから、頭の老化防止には非常に有効だと私は最近思うようになった。

しかし自分は根性が悪いので、老人ホームなどへは「行かないし行けない」、と覚悟している人もけっこう多い。集団生活をしたらはじき出されることをけなげにも自分で知っているのである。「大勢でいっしょ」の暮らしをすれば、必ず気に食わない人物もいるだろう。そういう人と食堂で同じテーブルになり、おもしろくもない話題に話を合わせなければならないなどまっぴらだという人もいる。玄関で顔を合わせただけで、必ず「どちらへお出掛けですか?」と質問する人に答えるのも嫌だ。「いちいち人の行動を探るな」とハラが立つ。

この点については、また或る人が賢い答えを教えてくれた。「ちょっと銀行へ」と言えば「お金があるのをひけらかしてるんだわ」と言われ、「デパートへ」と言えば「いつもお買い物ばかりしていいご身分ね」と言いたい相手には、「郵便を出しに」と言えばいいのだそうだ。「あの人、メールもできなくてご不便なことね」と言われても、ばかにされるということは共同生活で平和を保つための重大な要素だから、喜んで甘受すべきだろう。

私の中にも、他人と共同生活をしたら、きっと嫌われるに違いないという確固とした信念のようなものがあるので目下のところはともすれば共同生活を避けようとする方に心理が傾く。

しかし先日アンドレ・ルーフというカトリックの修道士が、一九六九年に行ったという説教を読んでいて、私は眼を開かせられた。アンドレ・ルーフについては、私は詳細を知らない。私の恩師に北海道のトラピスト大修道院におられる高橋重幸という神学者の神父がおられるが、その方が一九五〇年代の後半にローマで学生修道者として聖書研究所に通っておられた頃の先生がこのルーフ師だった。

今でこそ修道院も「開かれた」ものになり、各人は個室を与えられ、行動もただ院長の命令に従うのではなく、自分がしようと思うことをさせてもらえるようになったが、昔の修道院のさまざまな修行の中でも最大のものは、共同生活であった、という。夜寝る時でさえ大部屋で、ただベッドとベッドの間に簡単なカーテンがかかるだけだったから、隣の人の気配も筒抜けだった。食事も勉強もレクリエーションもすべて大勢がいっしょで片時も一人になることがない。だから「共同生活は最大の忍耐である」という言葉が出来たくらいだった。

今ではあらゆる職種の宿舎で、一人部屋が当然ということになりつつある。兄弟と一緒の部屋で暮らしたことがない子供もうんと増えた。しかし現在、修道生活を望む人が減少したのは、この苛酷《かこく》な人生を修道院が強いなくなったからだという逆説を理解する人は少ない。

アンドレ・ルーフによると、共住する修道院生活は「愛の学校」と呼ばれていたのだという。私が初めて知った知識であった。共同生活は個室がないというマイナスの面の苦痛の原因になるのではなく、一人一人が個や我を持つ人間が共生することによって自分を磨く場だというふうに考えられており、十二世紀にはすべての修道院が「愛の学校」と呼ばれていたのだという。

「兄弟（修道院の中でお互いを呼び合う時の表現）に対する愛を通してこそ、初めて神と出会うことができるようになるのです。既にその昔テルトリアヌス（紀元一六〇年頃～二二〇年以降）は『あなたは兄弟を見た。だから神を見たのだ』と言っています。

これは砂漠の師父たちの言行録の中で何度も繰り返され、また現代でも絶えず口にされています。

時と場合によっては、『兄弟を通してでなければ、神はご自分と出会うことをお望みにならない』とさえ主張されることがあるほどです。しかしながら、修道士たちが、『あなたは兄弟を見た。だから神を見たのだ』という言葉を口にしたのは、それとは異なる体験を出発点にしている、と私は思うのです」

紀元三世紀に上《かみ》エジプトに初めて隠修士《いんしゅうし》と呼ばれる人たちが出たといわれるが、砂漠は、神について、人について、そしてまた物質について基本的な部分から考えるのに絶好の場所であった。

私なりの解説を付け加えれば、兄弟と呼ばれて同じ屋根の下に住んでいる修道士たちは、愛し合う兄弟どころか、どうしても人間として憎んだり、いがみ合ったりしたい気分になる時も多いだろう。

しかし神はどこにおられるか、というと、人間の心臓の中にでもなく、私たちの頭上の天にでもない。神は「今あなたたちが面と向かっている人の中におられるのだ」というのが聖書的解釈である。だから神に会いたかったら、誰でもいい、今私たちがいっしょに暮らしている人の中にその存在を感じるべきなのだ。

だからもし人が老年になって、今まで体験したことのなかった一種の共同生活をしなければならない、ということになったら、それを苦労とは思わずに、改めて自分の修行の場を与えられた、として、その状況がもたらすはずの徳を、一つの目的として受け取るべきなのである。

私たちが今面と向かっている人の中に、神がいるとすれば、自分はその神に向かっていかなる言動を取るか、ということはまことに興味深いことだ。腹を立てて神にだってケンカを売ってやる、と思うとしたら、神はその勇ましさをまた評価されるかもしれない。神は十分にユーモアも解される方だということを私は体験として知っている。

すべての人の中に神がいるとすれば、凶悪な殺人犯の中にも神がいるはずだ。そのことをどうしたら証明できるかということが、私の大きなテーマの一つだった時代もある。私はその答えを『天上の青』という作品の中で書いた。

今私は、一年以上連載が続いた長い小説を書き上げた直後で、読書には最適な心理状態にいる。ただ本を買いに行くのさえ億劫《おっくう》で読もうと思っていた本をこの際片づけただけなのだが、このアンドレ・ルーフの思想を裏付けるような幾つかの言葉を残しているのが、エピクロスであった。

エピクロスは、彼の名前から取ったと思われるエピキュリアニズムについて「快楽主義」とか「食い道楽、美食主義」などと訳されているので、多くの人が、エピクロスは「酒池肉林」の提唱者だろうと思っている。しかし事実は全く違う節制や自足を重んじた人である。

「わたしは、決して、多くの人々に気に入られたいとは思わなかった。なぜなら、一方、何がかれらの気に入るかわたしにはわからなかったし、他方、わたしの知っていたことは、かれらの感覚からは遠くへだたっていたからである」

これは人と共同生活をする時の一種の悟りに近い心境だ。しかし中でもすばらしいのは、次のような言葉だ。

「ひとは恐怖のために、あるいは際限のないむなしい欲望のために、不幸になる。だがもしこれらに手綱《たづな》をつけるならば、祝福された思考を自分自身に勝ち取ることができる」

人とどう付き合うか。それが重荷にならないかひたすら恐れているうちは、それは確実に不幸の原因になる。しかし「手綱をつけて」、それは神に会える手段だと思えるようになれば、老年になって初めて体験する共同生活も、一種の実験になり、目的となるだろう。人はそれによって新たな生活を始め、新たな就職をするのだ。新たな挑戦も待ち構えており、新たな悲劇と喜劇も予測でき、自分が新たな刺激に適応できるかどうかも試される。老後が余生であり、先細りの惰力で走るのだ、などと思うどころではない。

なぜならエピクロスによれば、「明日を最も必要としない者が、もっとも快く明日に立ち向かう」のである。とすれば老年や、生を期待できない病人は、こうして闘争に立ち向かうのに最適な者となる。

再びアンドレ・ルーフに戻れば彼はこうも書いている。

「神からまず許されたことを考えないと、私たちは許すことはできないでしょう。私たちの貧しさが神によって満たされたがゆえに、貧しい者を満たすことができるのです」

「愛を実行することは、何よりもまずあわれみ深くなること、交わりを断たないこと、神の『愛』の流れを断ち切らないことです」

嫌な人に会うと、殴り合う人もいるが、多くの場合私たちは、ひっこむ。亀が首を竦《すく》めるのと同じだ。それでも噛みつくのよりはいいじゃないかと思う。しかし世間を見ると、交わりを断つという形で、相手にもっとも、痛烈な痛手を罰として与え、報復を達成しようとしている人は決して少なくない。

親を棄《す》てる子供たちがその一つだろう。どの親にも問題はある。問題のない親は、問題がないというだけでどこかに大きな問題がある。だから子供が親を棄てる理由など、誰にでもいくらでもあるのだ。だから単純に言って、人生で親を棄てなかった人はそれだけで人生に成功している。なぜならば、まずわれわれ人間に対して忍耐しているのは神の方だという事実に気づけば、自然に親を許す気になるのである。

それはそうだろう。私たちは誰もが多少とも嘘つきで、忍耐心がなく、利己的で他人の運命には薄情なのだ。そういう私たちを、神は棄てない。いや、そういう私たちだからこそ、棄てないというニュアンスなのである。それをアンドレ・ルーフは聖パウロの「コロサイ人への手紙」（3・12〜13）を引いて説明する。

「あなたたちは神に選ばれ、聖なるものとされ、愛されているのですから、心からのあわれみと慈愛を持ち、人に対して高ぶらず、穏やかで、寛容の心を身につけなさい。たがいにかけたところを忍び合い、もし責めるべきことがあるならば、許し合いなさい。主があなたたちを許してくださったように、あなたたちも同じようにしなさい」

恐らく許すということは、一際《ひときわ》英雄的な選択なのである。だからそれは幼児や青年の仕事ではない。多分実人生の中で、老年、或いは心理的に人生を生きてしまった特殊な人たちだけがなし得ることなのだろう、と思う。

碑文は祈る

世の中には、神の存在など一切認めないという人もいて、私はそれはその人なりの選択だと思ってはいるのだが、もしそうとすれば、自分や夫が癌だと宣告された時や、息子の乗ったヨットが連絡が途絶えた時などに、どうぞ助かりますようにと神に祈ってはいけない、と考えている。そういう時、人間の自然として神頼みをしそうな気がするなら、普段から神さまはいらっしゃらないなどと言うものではない。人間だって必要な時だけ急に親しげな顔をして寄って来られたら興ざめなものだろう。だからお世話になる可能性があるなら、普段から神の存在くらいは認めるべきなのである。

私のように神を否定しない部類の人間もそれなりに浅ましいものだ。自然なことなのかもしれないが、買った宝籤《たからくじ》が当たりますように、とか、子供が私立学校のお受験に受かりますように、とかいったたぐいの利益を求めて祈った体験がないという人の方が少ないだろう。

私はこの頃、自分や家族に与えてください、とお願いすることは、たった一つになった。それは「愛のある家庭を一生持てますように」ということだけである。

家族がお互いに労り合い、笑いのある生活ができますように、ということだけではない。私たちが利己主義ではなく、周囲の人のことを充分に心にかける優しさを持ち続けられますように、と切に願うようになった。どんなに出世しても、どんなに偉大な仕事をしても、自分のことしか考えない、自分のことにしか時間を割けない生活だったら、その生活は貧しいのだと感じるようになっているのである。

もちろんその後で、私たちが健康で長生きをして、与えられた仕事を充分に果たしますように、とも付け加えるが、最優先するのは、愛があることである。人間が自分の利欲のために神に願い事をするのは、ごく当然のことだが、それが叶えられる時にも叶えられない時にも、人間が成長することを私は二つの碑銘から学んだ。

私が最初にこうしたものの考え方があることを知ったのは、当時ヴァチカンの諸宗教連絡事務所次長だった尻枝正行《しりえだまさゆき》神父と、もうずいぶん前に往復書簡を連載した時のことである。

神父はその中でトリノの無名戦士の墓に刻まれた碑銘について触れられたことがある。

「私は人生を楽しもうとして

神にすべてを願った。

しかし、
神はすべて（大文字＝神の 十全性《じゅうぜんせい》）を楽しませようとして
私に人生を下さった。
私が神に願ったことは
なにひとつ叶《かな》えてもらえなかった。
しかし、
私が神において希望したことは
すべて叶えられていた」
これは難しい、奥の深い言葉だ。
「神の十全性」という観念は神学的に理解しようとすると壁にぶつかるが、私は学者でもないのだから、できるだけ簡単に感覚的に考えたいと思う。
この十全性は、反対の概念から考えると意外と理解し易いものだという。私たちは、ろくすっぽ考えない人のことを「脳ミソの空っぽな人」などと言う。そのような人に対して、神は「空っぽの反対」である方なのである。神の中には英知、正義、明快さ、許し、優しさ、豊満、複雑さ、思慮、厳しさと優しさ、など、私たちが言い尽せないほどのすべての願わしい要素が充満している。それゆえに十全は「充満」と訳してもいいようだ。そのような完璧に満ち足りたものを私たちに味わわせようとして「私に人生を下さった」というのである。

しかし私だけでなく、多くの人は、目先にぶらさがったたった一つの希望に貧しく執着する。そのことをご存じの神は、私が自分の都合のいいことを願っても、それは叶えてくださらなかった。しかし神の深い思慮の中で、神が私に必要だと思われたことは、表向きのよきことも、願わしくないことも取りそろえて、神はすべて用意してくださっていたのである。つまり神によって採択されることには、すべてに深い意味があったのだ、ということである。

日本人は無名戦士の生涯についてあまり考える機会を持たない。東京の千鳥が淵と呼ばれる所には、無名戦士の墓なるものがあるのだが、何百何千という墓の並ぶ外国の軍人墓地の墓石の中に、時々無名戦士の墓があるという光景を、私たちは見たことがないのである。私はそういう墓の前では必ず立ち止まり、「お名前は存じませんが、今あなたのことを考えています」と言うことにしている。もともと私は墓地を歩くのが好きなのだ。好きと言い切るのは奇妙なものだが、私は若い時からそのようにして死と馴れ親しむ癖をつけなければならない、と自分に言い聞かせていたのである。

今のアメリカのブッシュ政権のすることには矛盾を感じることもたくさんあるけれど、アメリカが軍人墓地を何年経ってもきれいに管理することはすばらしい。ノルマンディーでも私はアメリカ軍墓地を訪れた。第二次世界大戦のノルマンディー上陸作戦で殪《たお》れたアメリカ人の戦死者たちの墓である。私はどこでも時間の許す限り墓碑銘を読み続ける。墓碑銘は最も短い履歴書、伝記、短編小説だった。

どこでも軍人の墓碑には、所属部隊名、生年月日と死亡年月日と死亡の場所、ほかに遺族からの短い追悼の言葉が刻まれている場合もある。墓石の一番上にはその人の信仰を表す印もある。アメリカ軍墓地の場合は多くがキリスト教徒を示す十字か、ユダヤ教徒を示すダビデの星✡が彫られている。仏教徒を示す卍《まんじ》やイスラム教徒を示すアラビア文字にはまだ出会ったことがない。

その中に「KNOWN　UNTO　GOD」とだけ記された墓碑が時々ある。これが無名戦士である。UNTOは英語のTOと同義語の古い形で、人間には誰だかわからなくても神には知られている、という意味である。今ならば、入隊した時にすぐDNAを登録し、誰のともわからない遺体や遺骨が出てくれば、すぐにDNA鑑定に廻すだろう。しかしノルマンディー作戦の頃には、まだそのような形での個人の識別は不可能な時代だったのである。

当人が作戦中に行方不明になることをＭＩＡ《ミッシング・イン・アクション》と言い、無名戦士の墓はＭＩＡで遺体がないか、或いは自国の軍服を着ていてもう当人だと判別することができない状態になっている遺体が埋葬されているのだろう。時にはまだ二十歳未満の若い兵士が、どのような思いでこの年まで生き、どのような愛と、どのような苦しみと、どのような悲しみを味わって生きたか、人間には誰にもわからない。そのことが私の胸を打つのである。そこでトリノの無名戦士の墓の碑銘がそれに答える。人間が想像もできないほどの知恵や愛に満ち溢れた神のみが、その人がほんとうに必要としていたものを知っておられた。だから彼が目先の希望として神に頼んだことは叶えられなかったかもしれないが、彼が現世を生き切るために必要だったことは神がすべてお与えになったはずだ、と言うのである。

私は最近、不思議なめぐり合わせから、この墓碑銘のバージョンのような碑銘があることを教えられた。富岡幸一郎氏の『聖書をひらく』（編書房《あむ》）という著書よって私は実に多くのことを学んだのだが、その中に、ニューヨーク大学の中にある或るリハビリテーション研究所の壁に一人の患者の作った詩が書かれていて、それを人々は「病者の祈り」と呼んでいるのだという。

「大事をなそうとして
　力を与えてほしいと神に求めたのに
慎み深く従順であるようにと
　弱さを授かった
より偉大なことができるように
　健康を求めたのに
より良きことができるようにと

病弱を与えられた
幸せになろうとして
富を求めたのに
賢明であるようにと
貧困を授かった
世の人びとの賞賛を得ようとして
権力を求めたのに
神の前にひざまずくようにと
弱さを授かった
人生を享受しようと
あらゆるものを求めたのに
あらゆることを喜べるようにと

いのちを授かった
求めたものは
ひとつとして与えられなかったが
願いはすべて聞きとどけられた
神のみこころに添わぬ者であるにも
かかわらず
心の中の言い表せない祈りは
すべてかなえられた
私はあらゆる人の中で
最も豊かに祝福されたのだ」

作者は無名の一患者だという。ここにはトリノの無名戦士の墓碑銘と極めて似たものがあるが、どちらかが、どちらかを下敷きにして書いたのか、それともトリノとニューヨークの双方の下書きになった何らかの文書があったものか、私にはわからない。

しかし発生の順序などはどうでもいい。大切なのは、この思想に世界のあちこちで、多くの人が深く共鳴したということだ。彼らは人生の意味を発見し納得し、それによって希望や目的を与えられた。

無名戦士という言葉で括《くく》られる共通項は、若い死ということだ。患者という言葉で括られる共通項は、希望の挫折である。そしてここには表立って登場しないが、多くの普通の老年が、寿命を全うして死ぬ場合も含まれる。自分はしたいように生きた、満足だ、と言い切れる人はごく稀であろう。普通は誰でも思いを残して死ぬものだ。諦めという技術を体得した人以外は……。

しかしそれにしても人生の意味の発見というものほど、私には楽しく、眩しく思われるものはない。その発見は義務教育でも有名大学でも、学ぶことを教えてもらえない。強いて言えば、読書、悲しみと感謝を知ること、利己的でないこと、すべてを楽しむこと、が、そこに到達することに役立つだろう。一患者は病まなければ、ここまでみごとな人間には高められなかった。しかしだからと言って、人間が病気になるのを放置する人も希望する人もいない。人間にとって願わしいのは、健康である。ただ神はそうした人間の選択に二重の「保険」をかけられた。人間は健康である方がいい。しかし仮に健康を失ってもなお、人間として燦然《さんぜん》と輝く道は残されているということだ。これは何という運命の、そしてその背後にいる神の優しさなのだろう。

青春の記憶

典型的な東京の下町の商家に生まれた父と、福井県の田舎の港町に生まれた母との間にできた娘だった私は、人生は平凡なものに違いない、と思いこんでいたし、またそれでいいのだ、と納得していた。一族を見回すと、変人の伯父や従兄妹はいるが、むしろ彼らはばかがつくくらい正直な善人ばかりであった。

母の父違いの兄、つまり私から見て伯父の一人は地方で瀬戸物屋をしていた。無愛想で、買いに来たお客に挨拶もしなければ笑顔も見せない。欲しければ勝手に買っていけ、という感じだった、と当時を知る人は言うが、それは決して悪口だけでもなかった。つまり商才はないけれど、誠実で頑固な人だったということである。

この伯父は日露戦争の時の水兵で、その頃の話をすると少し生き生きとした顔になったが、私たちは伯父が扱う商品が陶器でほんとうによかったねぇ、と何度も語り合ったものである。陶器なら今日売れ残っても腐らない。これが野菜や魚だったら、こんな愛想の悪い店王では、とっくの昔に潰《つぶ》れていたに違いない。

私たちは、そういう形でいわゆる正直な庶民の生活を評価していた。庶民以上に財閥のような生活をしてみたいとか、一族の誰かが東大総長や総理大臣になるかもしれないと考えたこともなかった。庶民の感覚というものは昔からどうやら病気で死なずに食べていければ、それで「ありがたいこった」というものだったのである。

しかし戦後の時代はやはり、家柄などの概念から離れて自分の力で人生を築くことが承認されるような時代になったのだろうか。文学とは無縁な家に生まれた私が、まず小説家になりたい、と思うようになった。当時はまだ、小説家というのは、堕落した恥多い職業だと思われていたから、むしろ我が家のようなもの堅い一族の中から、小説家を志すような娘が出るのは意外と思われていたのである。さすがに面と向かって反対する親戚もいなかったが、陰では母に対して「どうしてあそこのうちでは、娘にあんなことを許すのかねえ」と言っていた人はいたのである。

夫の家はその点、「自由業」だった。舅《しゅうと》は貧乏なイタリア語学者で、「お父さんは、お金があれば家計のことも考えずにダンテの本を買ってしまう」というのが姑《しゅうとめ》の愚痴だったが、私はそういう家庭の空気が好きだった。

何より時代が私たちに幸運を与えてくれた。夫は戦前、文化人類学をやりたかったというが、戦前戦後は外国へ行くことなど夢のまた夢であった。私は夫婦仲の悪い父母を離婚させて、私自身は秘書か何かをしながら、四畳半一間を借りて、母と暮らすことを目標にしていた。当時、夫婦が離婚しようとしても、夫の側に不貞の事実もなければ、離婚に賛成しない夫の側が別れていく妻に対して慰謝料を渡さなくても済んだし、性格不一致などという理由で、財産を分与してもらって離婚するなどということは、まず不可能だったから、もし離婚するとすれば一文なしで父のもとを出てくる母を、私は養わなければならないと覚悟していた。

私は「お嬢様学校」と言われる私立の学校を出たのだが、同級生は実に堂々とまっとうな人たちだった。私は父が戦争中に大病をしたりして、終戦の前後、ずいぶん経済的にも逼迫《ひっぱく》した暮らしをしたのだが、戦後は裕福な友人の別荘によく泊めてもらいに行った。我が家にはお返しにお泊めするような別荘はない。しかしそんなことを計算して私を誘うのを嫌がるような友人は一人もいなかった。そうした人々は、大人になり、結婚しても、たかぶらず、質素な感覚を残していて、私はほんとうにすばらしい友人を持ったのである。

私たちは最後まで、十代の顔を失っていなかったのだ。宿題をサボったり、失敗を笑い合ったり、少しは見栄を張って自分をよく見せたくても、結果的にはすぐ本音も実情もばれる時代を生きたことを忘れてはいなかった。

終戦後、私は極めて実現性の薄い、作家になる道を望んで、その世界でたくさんの友人ができた。それは今までサラリーマンだった父の世界にはいない種類の人たちばかりだった。変人ばかり、と言いたいところだが、「変人」という言葉には、私の場合かなりの尊敬が自然にこもるようになった。私の場合には、夫の三浦朱門も小説家で、当時は大学の教師だったから、夫の知人たちもいわゆる自由業と呼ばれるような人たちばかりだった。もっとも、私は夫の友人とは、それほど親しくはならなかった。

今も思い出す一つの光景がある。まだ私たちが若い作家だった頃、その夫人

たちも数人いっしょに私たちは飲み屋に行ったことがあった。お酒も廻ると、そのうちの一人の夫人が、

「ああ苦しくなった。ねえ、○○さん、ブラジャー外してぇ……」

と言った。頼まれた作家は、

「ああ、いいよ」

と言うと手慣れた感じで、相手のブラウスの背中をまくり上げてブラジャーをはずしてやった。

その光景は少しも猥褻《わいせつ》ではなく、むしろさばさばした感じで人間的だったが、私は深く戸惑ってしまった。その手の自己表現を、夫の友人にすることを考えると、私は少し素直になれなかった。やってもそれは私らしくないだろう。誰でも、その人にしかできない表現方法というものは、天性決まっているものに違いない。

ただ夫が解説してくれるそうした「自由業」者たちのものの考え方や暮らし方は、ほんとうにおもしろかった。

同人雑誌の同人の一人が当時本郷で借りていたボロ下宿に初めて行った時、「そうだ、この人（私のこと）の電話番号だけ書いて行ってもらおうか」と誰かが言った。当然のように、私は紙切れとか、電話帳のようなものが差し出されることを期待していた。しかしボロ下宿の住人は平然と「そうだな、そこに書いて行ってもらおうか」と指し示したのは、壁であった。既に何人かの住所や電話番号が書いてあった。電話帳より、壁の方がすぐ見えるし、第一無くなる心配がない。私は感動した。私のそれまでの生涯では、壁に落書きをすることなどもっての外であった。

長い年月が経つと、それまで貧乏だったり、風来坊だったり、定収入もないように見えた多くの夫の知人たちは、それなりに生活が安定したどころか、社会の中枢で働くようになった。私たち夫婦は政界とも官界とも経済界とも全く仕事のことでは関係がない地点で生きていたが、それらの世界でも幼なじみはやはり出世していたのだろう。同じ村で山野を駆けめぐっていた○○ちゃんが今は県知事だとか、小さな町工場に勤めていた××君が、今では従業員数万人の××製作所の社長になっているとかいう変化である。そうした人々の多くは、昔の記憶、出自を決して忘れていない。しかし中には、恐ろしく威張っている人にも私は何度か会ったことがある。

予期しない運命の変化があって、夫も一時、文化庁に勤めた時期があった。作家はいつでもふざけて危険を孕《はら》む言辞を弄していていいのだが、役所の責任者となると、発言は冗談では済まされない。

夫は長い年月、大学にも勤めていたから、予算を立てることも、公的な交渉も全く初めてというわけではないらしかったが、それでも毎日のように自分が

「らしくないこと」をしているということに違和感を感じていたようだった。当時の私たちの朝食は四十五分くらいかけた異例の長いものだったが、多くは前日の失敗談ばかりだった雑談の中で、夫はうまく処理し切れなかった差恥や困惑を吐き出して、心理のバランスを取っていたように思う。

そうした時期に、今でも忘れられないいい話がある。

或る日夫は文化庁長官として、写真家たちの集まる会に祝辞を述べに行った。西武デパートで車を降りたところに、当時既に写真界の重鎮だった三木淳さんが出迎えていてくださった。後に三木さんは日本写真作家協会を作り、その初代会長になられたはずである。

二十代からの知己にも係わらず、二人はそこで他人行儀に挨拶を交わし、人々に囲まれて会場に入った。そこまではよかったのである。しかし二人とも深い当惑を感じていたのだろう。ステージの脇で出番を待っているほんの短い隙《すき》に、三木さんは三浦朱門に囁《ささや》いた。

「おい、朱門ちゃん。今日はマジでやろうな。マジで」

お互いに個人を離れたことを言わなければならない立場になっていた。昔交わしていた会話は徹底して、たった一人の主観と主語の明確な表現ばかりだった。それが今日はそうでない。三木さんの周囲にも、三浦の周囲にも、立場上、そこに立ち会っている他人がたくさんいた。

無事に儀式が終わって、三浦朱門は文化庁に帰ることになった。三木さんは再びデパートの車寄せまで送って来てくださった。

自動車がいよいよ出発する時になって、三木さんはもうこうした「お芝居」を続けることに耐えられなくなったのだろう。突然大きな声で三浦に言った。

「朱門ちゃん！　瑪里《まり》ちゃん元気？　よろしくね！　愛してるってね！」

瑪里ちゃんというのは、朱門の姉であった。終戦直後、三木さんも、朱門ちゃんも、瑪里ちゃんも、あちらこちらで語学や、美術の知識や、書く才能を生かしたアルバイトをしていた。

「学生服のまま、あっちの雑誌社、こっちのグラビア新聞社に行くだろう。そうすると同じ人がまた来てるのさ。三木淳さんもその一人だった。瑪里もそのうちの一つでちょっとの間、働いていた」

三浦に言わせると、三木さんと瑪里ちゃんは別にれっきとした恋仲ではなかったようである。しかし義姉の瑪里はスタイルのすばらしい美人だったし、荒れ果てた戦後の一時期の思い出の中では、ロマンチックな憧れの人として多くの青年たちの胸に残っていたのだろう。

大して長い時間ではなかっただろうに、三木淳さんは、「らしくない」自分の立場や言動に、羞恥で耐えられなくなったのだ。自分はこんなところで、業界を代表する立場の人としているのは不自然だ。自分は……三十年前の自分たちは、決してこんなではなかった。希望と夢はあったが、まだ厳しい戦後の暮しの中で人間らしい不安に戦《おのの》いていた。

私も巨大な城砦《じょうさい》のような都庁で、石原慎太郎東京都知事と、仕事のことで会ったことが何度かある。私たちが若い作家として知り合ったのは二十代の時であった。私は用事が済んで知事の応接室を出る時、「あなたとこんな所でお会いしていると、何だか二人で茶番やってるような気がするわ」と言ったことがある。

これは好みの問題だろうけれど、私は自分の歴史を静かに棄てない人に心を許せる。人間は歴史を学ばねばならないし、連続した人格を保つ時に安定する。年を取るとどこの世界にも「出世」する人も多いだろうが、その偉くなった自分の姿だけを信頼している人の姿を見ると、脚の切れたお化けのような感じさえする。

単純労働の重い意味

政界や経済界の人が、そのポストから離れることを「失脚」というらしいが、昔、その言葉についておもしろい解釈を聞かせてくれた人がいる。

「今まで送り迎えの車がついていたのが、急になくなるでしょう。タクシーに乗るか、駅まで歩いて行って切符買って込んだ電車にも乗らなければならない。それが惨めで辛くてたまらないようですよ。それがほんとうの失脚の実感なんですって」

私はその日家に帰ると、すぐ夫にその話をした。すると彼は嬉しそうに笑って言った。

「だから僕みたいに普段から歩いてればいいの。僕は元々そういう『脚』を当てにしたことがないから」

夫は心底、歩くのが好きなのである。彼は一時期文化庁に勤め、今は日本芸術院の代表のような仕事をしているのだが、昔も今も出勤には迎えの車をもらっていない。何時何分発の電車の後ろから何輛《なんりょう》目に乗ると、下りた時に出口に便利だとか、比較的込まないとかいうことに精通するから、迎えの車をもらうより確実にしかも短い通勤時間で目的地に着けると信じている。

電車の乗り方に精通するなんて小人の喜びだ、と実は私は思っているのだが、若い時からそういうことは覚えなくていい、誰かが適当に連れて行ってくれるだろう、などと考えていると、必ず早々とぼけるのも事実のようである。

そういう意味でなら、私がぼけを防ぐ最良の方法と思うのは、自分で買い物をして料理を作ることである。家計簿は昔からつけたことがないし、税金の申告もうまくできないので専門家に任せきりだが、買い物と料理は、できるだけ自分でやる。理由の九〇パーセントは自分自身が食いしん坊だからだが、料理というものは、かなり総合的に頭脳を使う。殊に私の場合残り物をおいしく使ったり、時々新しい料理を開発しようとしているので、同じことの繰り返しでもない。歯のない人、糖尿病の人、腎臓が悪い人などにも適した料理を、いつも心の中で或る程度作れるようにしておくことなどが一種の興味として定着している。料理は、食材を買って値段を覚える、手先の運動、手順の訓練、冷蔵庫の中のものを記憶する、などでけっこう複雑な頭脳訓練になるのである。

私は高齢者が自分の気に入った施設に入って三度の食事を自分では作らなくて済むようになることを、長年の夢とし、家事からの解放を楽しむことを一概に悪いとは言わない。健康状態が家事労働に耐えられなくなったらすべての人がそうするより仕方がない。自分ではできると思っていても、ぼけて火を使われることは危険で困る、と周囲が危惧を覚えるような状態になることもある。

しかし人間をも含むすべての動物は、最後まで歯を食いしばって自分で餌の調達をすることがむしろ自然だろう。そして私のような性格は、恐らく食事のことを心配しなくてよくなったら、急速に老化が早まるだろう、と思うのである。

私たちは高齢者の陥り易い落とし穴を考えてみてもいい。人は誰でも多かれ少なかれ、年を取ると偉そうにしていることを許されるのだ。別にいいことをしていなくても、日本的美風が残っていればの話だが、年齢が一番上になるほど、上座に据えられる。お茶も最初に供される。「お寒くないですか？」と気にされ、階段を昇り降りする時には荷物も持ってもらえる。こういう習慣は日本的美風としても続けてほしいものである。しかし高齢者がそれによって自分は偉いのだと勘違いしたら愚かだと言わねばならない。

かつての社長さんや、花形俳優さんや、有名なスポーツ選手や、高名な政治家は、昔の自分に対する世間の手厚い遇し方を忘れられない。だから、単純で、手を汚し、誰にでもできるような仕事をすることに耐えられない。「誇り」がそうさせるという人もいるが、それは同じ「ほこり」でも「埃をかぶって硬直した精神」のことである。

職業に貴賤《きせん》はない、という言葉は、どんな職種も技能も社会に要らないものはない、という意味では、全くその通りである。それを認めない人は、想像力に欠けているという他はない。しかし現実には、誰にでもできる仕事と、誰にでもできない仕事とがあることも事実である。だから世間は誰にでもできる仕事を軽視し、誰にでもできない仕事をする人を尊敬したり、その人に高い報酬を払うのである。

たとえば有名な自動車レースに出場するレーサーとか、企業を立て直す特殊な才能をもつ世界的に有名な経営者とか、ずばぬけた美的感覚を持ったデザイナーなど「余人を持って換え難い」という人たちがそれに該当する。

私が今言いたいのは、老年になったら、私たちは皆、その特殊な人ではなくなる、ということだ。レーサーも経営者もデザイナーも、年を取れば必ず引退する。こうした言い方に傷つくなら「特殊な人を卒業する」と言ってもいい。或いはまた「今日は特技を持っていても、明日はわからない」と言ってもいい。

昔から私は、政治家が、平均寿命をすぎた高齢になりながら立候補するのが不思議だった。もちろん健康には個性があるから、五十代ですっかり老け込む人もいれば、八十歳、九十歳でも頭も体もしっかりしている人もいる。しかし自分がそのたぐい稀な健康や頭脳の明晰《めいせき》さを、いつまでも保持している、と信じる甘さは頂けない。政治家というものは、常に危機に備える姿勢がいる。社会と国家が最悪に陥る状況を想定していて貰わねばならない。そういう任務を負う人なら、自分が明日にも最悪の心身の状態になるかもしれないと恐れて当然だ。そういう精神の姿勢がない人に政治など任せられない。だから私は平均寿命を過ぎてもまだそのカリスマ性のゆえに政治家を続けていた人は、もうぼけたのだ、と思って来たのである。病気は、三十代でも四十代でも襲って来る。それを恐れていたら人間は何もできない。ただ平均寿命を過ぎたらもう立候補しないくらいが常識だと私は思うのである。作家なら連載を引き受けてもいいが、高齢になるほど、始める前にほんとうは最終回まで完成しておくくらいの配慮があっていい。

つまり高齢は責任ある仕事を続けられる保証がない、という状態なのだ。個人商店なら社長を続けていてもいい。多くの場合、息子たちやしっかりした番頭さん的立場の人が、社長が少しおかしくなってもそれをカバーして仕事を続けて行く。少しおかしいどころか、全く仕事ができなくなっても、誰かがそれをカバーできれば、それでいいのである。しかしそれ以外のあらゆる組織では、高齢者は原則として責任ある地位についてはいけない。

高齢になってしても美しい仕事がある。今日私が言いたいのはそのことである。それは社会が「くだらない（つまらない）」として時にはばかにするような仕事に甘んじて働くことだ。先に述べたようにそれはすぐ簡単に代わりがきく職種である。そこがいい。高齢者は病気になりやすいし、最後にはそのまま死に至ることもある。しかしつまらない単純な仕事なら、今日私が寝ついても、明日は誰かが代わりをやってくれるから、大した迷惑がかからない。

重大な継続的意味を持つ仕事は死ぬ危険性が少ない若者にやってもらい、私たち高齢者はつまらない仕事をする。それがまことに自然で、それを甘んじて受ける姿勢を社会に定着させなければならない、と私は考えている。

若い時から、私は庭の芝生の草取りをすることが嫌いではなかった。草にすればせっかく生えたのにむしられて残念だろうなあ、とバカなことを考えたり、雑草の生えていない芝生を維持することにどれだけの意味があるかなあ、と思うことはあるけれど、私はすべてよく手入れされ保全されている光景が好きなのである。これは一種の好みであって、善悪ではないだろう。私は狭くても質素でも、よく掃除され補修されている環境が好きなのである。

このごろ芝生の草を取りながら、私はさまざまなことを考えている自分に気がつく。何もせずに考えろと言われるより、草取りをしながら考えごとをする方が、むしろ考えがしなやかになるような気さえすることがある。

私はカトリック系の学校で幼稚園から大学まで教育されたが、そこでは外国人の修道女たちが学校の裏庭の雑木林の中で、一定の距離を行きつ戻りつ歩きながら、全く一人で完全な沈黙のうちにロザリオという念珠を繰りながら祈っている光景がよく見られた。彼女たちは聖堂の祈禱台でも祈ったが、そのような自然の中でも祈るのであった。

ずっと後年になってから、私は「歩く」という意味のギリシャ語は「ペリパテオー」というのだと知った。ギリシャ人たちはまた、歩くということは生きるということでもある、と認識していた。それが哲学の「逍遥《しょうよう》学派（ペリパトス）」のもとにもなったのである。すなわち歩きながら語り、或いは教えるということは、私が見た修道女たちの行動に見られるように、ごく人間的なことだったのである。

私は学者ではないから、次のように考えた。昔、バスも電車もない頃の人々は生きるために、とにかく歩かねばならなかった。馬、駱駝《らくだ》、ろばなどに乗ることもあったろうが、基本は歩くことだった。だから歩くことは、人間の生の営みの基本だった。当然思考もまた歩きながら行ったであろう。比較的単純なものなら、肉体労働でも考えながらできる。労働が非常に困難だったり、極度の緊張がなければ危険だというものになった時、労働は思考の部分を排除されてみじめなものになったのかもしれない。

私の草取りの時間は、まさにそのことを証明する。草を取りながら、私はしばしば濃厚にものを考えている。何もしないで考えろ、と言われるより、私は手を動かしている方が、ものを考えることに適しているように思える。その背後には、母国も捨て、日本という遠い東洋の地で、一生を教育に捧げることを誓った異邦人の恩師たちの、強烈な生き方の後ろ姿が眼に浮かぶからかもしれない。

もっとも現実の私の草取りの姿勢は、あまり人に見せられたものではない。十年近く前に脚の骨を折った後遺症で、私はいまだに足首が完全に曲がらない。だからしゃがんで草を取るという姿勢が長く続かない。私は芝生の上に腰を下ろし、自分の周囲の草を抜く。私はこれと同じ姿勢で草を摘んでいた人たちを、もう三十年も前に見た。エチオピアのひどい飢餓の年に、難民キャンプに入れない人たちは歩く気力もないままに、地面に座り込んで、自分の腰の傍に生えている雑草を摘んで口にしていた。私はそれと同じ姿勢で草を取る。しかし私は飽食している。

ごくありふれた、平凡でいつでも代替えがきく仕事。その手のものは若者ではなく、高齢者が引き受けるべきものだ。若者の数が減り、高齢者が溢れる時代になったらなおさらのことだ。それを屈辱的な作業だと思うような愚かな姿勢は徐々にではあっても排除しなければならない。そしてそのような平凡な仕事の中でこそ、経験も読書も重ねて来た高齢者のみが（願わくば私をも含めてすべての高齢者が充分な読書を果たしていることを）もしかすると単純労働に携わりながらあらゆることを考える才能を発揮できるのではないか、と思うのである。

「特注の盃と酒」

小説と共に数多くの童謡の名歌詞を残した阪田寛夫さんが亡くなったのは、二〇〇五年三月二十二日で、私は二十四日はお通夜だろうから、その席には行って最後のお別れをしたい、と思っていた。

私が阪田さんに初めて会ったのは二十代の初めで、『新思潮』という同人雑誌に入れてもらうことになった時だった。当時、全く無名の新人が、その小説を世の中に認めてもらうには、いわゆる大家と呼ばれる作家のお弟子にしてもらうか、習作を同人雑誌に発表してそれを文芸雑誌の編集者に認めてもらうしかなかった。『新思潮』に加わる前に、私は『天の夕顔』などの作品で知られる中河与一氏の元に集まる人々が発行している『ラマンチャ』という同人雑誌に入れてもらっていたのだが、当時私はまだ十代の終わりで、十歳二十歳も年長者の多い『ラマンチャ』の中では、幼稚でついて行くのにむずかしいところがあった。

『新思潮』は東大の人たちが断続的に出していた同人雑誌で、阪田寛夫、荒本孝一、三浦朱門の三人が始めたのは第十五代目の『新思潮』である。

会合はたいてい駒込蓬莱町にあった荒本さんのオンボロ下宿でやっていた。今あの下宿屋をそのままそっくり、名古屋の「愛・地球博」に再建したら、皆珍しがって中へ入る予約券が数カ月分先まで売り切れになるのではないかと思う。荒本さんの部屋にはどうやら障子ははまっていたが、紙は破れていて、その外の廊下にはガラス戸が全くなかった。とにかく障子一枚しか外気をさえぎるものはなかったのである。三浦朱門が荒本さんの部屋に泊まりこんで明方寒さで眼が覚めると、廊下と障子の破れ目ごしに吹き込んだ雪が、蒲団の裾《すそ》につもっていたという。しかしその純粋な貧困こそも又、私たちのまぎれもない青春の輝きであった。

阪田さんは私から見るとまぶしい存在だった。小説だけでなく詩も書ける。音楽の耳もある。当時阪田さんは大阪にできた朝日放送の第一期生の社員だった。父上も大阪財界の重鎮で、一家はプロテスタントの信者だった。「阪田は朝日放送で出世しないわけはない。今に必ず重役から社長になる。そうすれば我々が関西に行った時、社の迎えの車を寄こしてくれ、社の費用で盛大にごちそうしてくれるであろう」と我々は期待していたが、阪田さんは早々と社を辞めて筆一本の生活を選んだ。

阪田さんの存在が眩しいとすれば、それは阪田さんがその才能を隠すようにいつも控え目で柔和だからだった。私の家は父母の仲が悪くて火宅だったから、当時の私はいつもハリネズミみたいに、心理的な防御の棘《とげ》を逆立てて生きていたように思う。それに比べると、一家が集って食前の祈りをしたり、家族皆に音楽の才能があって誰かがピアノを弾いて讃美歌を歌うような家庭は、美しく眩しく感じられたのである。

阪田さんの葬儀はしかし私の仕事と運悪くぶつかってしまった。お通夜は二十四日だというのに、私はその前日から名古屋の万博の開会式に出席するために出かけなければならなかった。モーターボートの業界が特別協賛レースというのを開催してくれて、それで集めた約二十五億円を私が働いている日本財団を通して拠出するという形になっていたので、開会式に出ることはいわば会長の私の役目だった。

ほんとうは予定外の日に弔問に行くことは迷惑なことなのかも知れないが、亡くなった直後にすぐ訪ねていた三浦朱門が、「明日の晩も行く、と言ってあるから」と言うので、お通夜の前日に、阪田さんの長女の嫁ぎ先を私は夫と共に訪ねることにした。「昨日、僕はさんざん阪田の頭を撫《な》でて来た」と三浦は言い、その顔はむしろ明るかった。「阪田はいい一生を生きた」ということを、ずっとべったり見ながら生きて来たからだったろう。

ちょうど私たちが着いた時、阪田家の人々は皆揃って牧師さんを待っているところだった。納棺の直前だったのである。やがて老年の牧師さんが雨の中を到着された。

この方が、後でわかったのだが遠藤周作氏の従弟で、たった一日遅く生まれた方だったが、その夜旧約聖書の中から引用されたのは、有名な「詩編」の23章だった。

「主は羊飼い、わたしには何も欠けることがない。
主はわたしを青草の原に休ませ
憩いの水のほとりに伴い

魂を生き返らせてくださる。

主の御名にふさわしく
　わたしを正しい道に導かれる。
死の陰の谷を行くときも
　わたしは災いを恐れない。
あなたがわたしと共にいてくださる。
あなたの鞭、あなたの杖
それがわたしを力づける」
「命のある限り
恵みと慈しみはいつもわたしを追う。
主の家にわたしは帰り

生涯、そこにとどまるであろう」

私は毎日、シンガポールの「ザ・ストレーツ・タイムズ」という英字新聞を読んでいるのだが、その死亡広告欄もわりとていねいに読む癖があった。中国人、インド人、マレー人、それぞれに遺族の広告の書き方が少しずつ違っていて、一種の文化論として読めるのである。

死亡を知らせる文章は葬儀屋が作ってあるらしく、「おだやかに亡くなりました」という文章と、「主と共にいるようにその家に呼ばれました」というのが多い。後者の出典が、多分その詩編の個所だろうということも改めて思い出させられた。

竹井牧師さんがその夕方、阪田さんのご遺骸《いがい》の前で話されたのは——私流の言葉で言えば——人はそれぞれに、人生という酒を入れる盃《さかずき》を持っている、ということだった。最近ではよく日本料理屋さんなどで、お酒といっしょに何個かの盃の中から好きなものを選べるようにしているところがある。大きさ、色合いから唇にふれる焼きものの肌の感じまで、その人の好みに合ったもので、お酒を飲んでもらいたい、ということであろう。そこにこれ又好みに応じて甘口か辛口か、熱燗《あつかん》か冷酒かという選択が加わる。

お酒を飲む時には、はっきりと自分の好みを持つ人たちが、人生を受け取る盃を選ぶ時に、それなりの受諾と納得をしているか、ということが、竹井牧師のお説教の主眼のように思われた。

もちろん信仰を持つ者は、盃を渡されるのは、神だと思う。あまりはっきりした神仏の観念を持たない人は「運」という言葉で認識するかも知れない。全くの無神論者は人はすべて自力で生涯の道を切り開く、と言うだろう。しかしすべて自力でどうにかなるという人の説だけは、私は受け入れられない。今まで地震などない、と言っていた人たちが、彼らの土地の歴史にないような地震や津波で何度も人生を狂わせられているのが最近の状態である。

信仰を持つ人でも、神から与えられた盃に、文句を言わない人はいないのだ。「もう少し美人に生まれられたら」「秀才だったらいいのに」「親に全く理解がない」「初恋の人が自分を全く評価してくれなかった」「地方に生まれてしまった。都会に生まれたかったのに」「会社がつぶれそうになった」など文句の種はいくらでもある。そして又、それらのことは、決して当人の責任ではない。しかし、とにかく、人が特徴ある人生という二つとない盃を与えられ、そこに神が、「お前にはこの酒がいいのだよ」となみなみと酒を注がれることは事実なのだ、と私には思える。

竹井牧師さんによれば、人はその酒にも文句をつけるのだそうだ。甘いの辛いの、アルコール分が不足だのと、確かに不満はいくらでも言える。しかしフランス料理の店などに行くと、ソムリエという人が、私たちの注文した料理によく合うような酒を選んでくれるように、神は、人間のソムリエなどがわからないほどの深い配慮でもってその盃に、私たちに合った酒を満たされるというのである。

そうした人生を受けとめる盃もまた二つとないもので、それに満たされる酒も神の特注である。誰にとっても個々の人生が、同じ規格の大量生産品であってはならない。一見そのよさがわからないことはあっても、その盃を長年掌《てのひら》でいつくしみ、舌の上でその酒の特別な香や味を大切に味わって行くうちに、この盃こそ、自分の唇に快いもので、この酒の香と味こそ、まさに自分の体質に合ったもの、自分のためだけの盃と酒だと思えるようになる。

神が私のために用意したものの意味を、その時、私は発見し、承認し、その盃によってもたらされた自分の人生を感謝する。それが神に愛された生涯であり、その人がこの短い生を生き尽くしたことになる。

阪田寛夫さんの生涯がまさにそうだったと竹井牧師さんはおっしゃりはしなかったが、そのお説教はまさにそのことを暗示していたし、少しだけ生き残った私たちにも、「今からでもおそくはない。個別な人生の発見者になれ」と命じておられるようであった。

聖書によると、人間としての生を受けられたイエスでさえ受難を間近にした時、ゲッセマネの園で血のような汗を流しながら、「もしできることでしたら、どうかこの杯をわたしから過ぎ去らせてください」と神に祈っている。私たちの誰もが自分用の盃と酒に文句をつけ、「もしできることでしたら、違うのと取り換えて下さい」と祈ることは、だからそれほど変わったことではないのである。しかし私たちが少し賢ければ盃の中の酒の味を一刻も早く、自分のものとして愛する方がいい、ということだ。

自分用の酒を「ボトルキープ」する人は、生涯に少し余裕のある人だ、盃まで預ける人は……私はあまり聞いたことはないが、どこかにいるかも知れない。いずれにせよ、そうした人々は、仕事にも生涯にも、ゆとりを持っている人たちで、彼らは多くの場合、現役ばりばりで働いている中年というより、ゆとりのできた高齢者だろう。何度も書いたことだが、自省したり、物事の意味を考えたりするという勇気ある行為は高齢者のもの、死を近くに意識する者の特権である。

三浦朱門は、自分が今日のような人間になったのは阪田寛夫の影響だと思っている。二人は旧制高知高校で同学年、しかも同じ寮の同室になって以来、話されればことごとく笑わざるを得ないようなエピソードに満ちた人生を送って来た。しかし、三浦朱門にとって、阪田寛夫は常に身近にいた。遠藤周作という作家もそうだった。彼らは共に、不信心者をよそおうようなポーズもあったが、神の盃とそこに注がれた酒をしっかりと飲み、その意味を作品の中に示していた。

自分の人生の解説者になれるのは、多分自分だけなのだ。世間にはよく、他人の生活を見て来たように書く人がいるが、誰にもそのような解説ができるわけはないのである。

ただ私たちは、他人《ひと》が自分の生涯を通して発見したものを語ることを聞いて、快く教えられることはできる。

今からでも遅くない。たった一つの盃、特注の美酒の味に到達する人になりたい。葬儀というものはそうした思いを人々に与える又、すばらしい機会なのである。

正直など何ほどの美徳か

私の性格を複雑にしてくれた要素はいくつもあるが、そのうちの一つは不幸であり、もう一つは信仰であった。

子供の頃、私にとって家は穏やかな安らぎの場所ではなかった。父母は夫婦仲が悪かったからである。学校からの帰り道、私は今日家に帰るとどんないやなことが待っているかと暗い気持ちになる日も多かった。だから私はこれでも不幸に強くなった、と思っている。

もちろんその間にもたくさんの救いがあったからこそ、私は生き延びて来られたのだ。私はコザクラインコを雛《ひな》のうちから馴らしていつも肩の上に止まらせたり、廊下を歩く時も後をついて歩くようにしていた時代があった。そういう時は家に帰ってもこの手乗りインコと遊べると思うと楽しかった。

小説を読むことも楽しいことの一つだった。小説を読んでいる時だけは、現実の生活を忘れられる。現実は不幸でも、架空世界は不幸ではない。私は子供の時から二重生活の持つ偉大な意味を知らされたのである。

今でも私はたくさんの悪い性癖を持っているが——そしてそれは私に受け渡された悪いＤＮＡの結果でそんじょそこらのことでは直らないとわかっているが——見栄っ張りだけではないと思う。その理由は私が幼い時から二重生活を体験して来たおかげだ。父に暴力を振るわれる母を庇《かば》うために父に抵抗して、その結果私の顔が腫れ上がるほど殴られた日には、私は学校に行けばそれなりの嘘をつかねばならなかった。夜中に寝ぼけて柱にぶつかったとか、うるしにかぶれたとか、何とかその時々で精一杯の嘘を考えたのである。私の住んでいた古い家は、母が太っていたこともあってトイレ全体の面積が四畳半はあった。そして床は全部うるし塗りで何年かに一度は塗り替えをしていた。戦前はそんな悠長なことも許されていたのだ。だから私の嘘は可能性のある嘘であった。顔の一部が腫れ上がることと、うるしかぶれは、今考えると全く違う。しかしその程度の不正確が通ると思うところが私の幼さであった。そして私はそういう形で私の小説を書く能力を磨いていたのかもしれない。小説とは、「根も葉もある嘘」をつくことなのだから。

嘘をつかねばならない暮らしをしていると、できるだけ嘘をつきたくなくなる。嘘をつくという行為にはそれなりの努力が要るから、つくづく面倒だということがわかるのである。嘘をつかなくて済んで来た人も、嘘などつかないだろう。どちらにせよ同じなのだから、家庭が不幸だと犯罪者になる、というのも嘘である。

しかし私に嘘をつかない習慣が残ったといったらこれまた正確ではないので

ある。嘘をつかずに生きて来れなかったのだから、嘘がうまくならないわけがない。私は嘘をつくのがうまい人格に育った。ただし嘘が愚かで面倒なものだ、と心底知った上でのことである。

このごろ、世間には正直な人が多い、としみじみ思うことがある。ことに年寄りに多い。機嫌が悪いと口をへの字に曲げて「ありがとう」も言わないでいる。体が悪くなったり、喋る相手もいなくなったりすれば、不機嫌になるのも当然だ、ということも一理ある。しかし私が幼い時から身につけた体験からすれば、正直だけで世間は通らない。努力、というより、取り繕う意志ぐらいは要る。

もう何度も書いていることなのだが、私はカトリックになってから、聖書を学んだ。特におもしろかったのは、愛とはいかなるものか、という定義だった。聖書には「愛」と訳されているギリシャ語の原語が二つある。アガペーとフィリアである。世間が考える愛はフィリアである。相手に信頼、尊敬、いとおしさなどを感じ、相手もまたこれに応えるだけの態勢にいる関係である。しかし聖書世界ではこれを厳密な意味では「愛」だとは認識していない。ほんとうの愛はアガペーで、これは相手がそれに応えようが拒否しようが、関係のない誠実である。だからほんとうに愛する人に対しては、私たちは、相手にそれが通じようが通じなかろうが、いや時には憎まれようが、尽くすべき誠実を尽くす。時には「あんなやつは死んでしまえ」と思っても、救いの手は止めない。それ以外はすべて情緒的行為であってほんとうの愛ではない、というのである。

これは見方を変えれば、ほんとうの愛は作為的なもの、作ったものであっていいのだ、ということになる。正直など何ほどの美徳か、ということだ。

老年や致命的な病で死を視野に入れねばならなくなった時の人間には、一つの大きな任務がある。それは内心はどうあろうとも、できるだけ残された時間を明るく過ごす、という使命である。その理由は簡単だ、第一には、周囲の人を不愉快にさせないためだし、第二には生き残る人々に死や病気はそれほど決定的な不幸ではない、ということを身をもって証明するためである。

なぜ死や病が決定的な不幸ではないか、というと、それらはどれも人生の予定内にあることだからだ。もし今、突然隕石《いんせき》が落ちてきて日本の大半が壊滅したり、或る日、朝が来ても明るくならなかったりしたら、私たちは発狂してもしかたがないかもしれない。なぜなら、そのようなことは、あり得ないこと、あり得るとしてもその確率が非常に低いものだ、と教えられていたからである。

しかし病気と老年、それらの結果としての死は、すべて予測し得たものの範囲内にある。それらはどれもノーマルなことなのである。私たちは眼が三つあったらそれは異常なこととして動転してもしかたがない。しかし人間の眼は二つだということになっているから、二眼を持つ人間はノーマルなのである。

ノーマルということは、大して大きな理由ではないが、不思議と安定がいいものである。

第一にそれは目立たなくて済む。目立つことが好きな人も世間にいるが、目立てば平安は失われる。個人の自由も阻害される。世界の王族や政治的権力者が持っていない幸福がこれである。

第二にそれは謙虚さを保つことと、密接な関係にある。「人並み」だということは一人一人によって全く異なった印象で受け取られる。人並みじゃ仕方がない。どこか秀でていなければつまらない、と思う人もいるだろうが、一度病気にでもなれば、人並みでいられることの偉大さをしみじみ感じるようになる。この真理をそうなる前から理解できることが謙虚さなのだが、それを教えるのがこの人並みという状態である。

老世代は「健康が何よりですね。年を取るとそれをしみじみ感じますね」と言う。人並みなことや当たり前なことは、健康なうちや若い時は、少しもいいこととして実感されない。若い時は、歩けて当たり前、食べられて当たり前、自分で思うように排泄《はいせつ》ができて当たり前なのだ。

しかし七十歳、八十歳になると、次第に当たり前のことができなくなるのを感じる。腰やひざが痛くなって歩けなくなる。義歯になったり胃の病気をしたりして、思うように食べられなくなる。排泄の不調はことに深刻だ。おむつを人に換えてもらうようになれば、人格の尊厳が失われるように感じる人まで出る。

こうなると暗くなって当然かもしれない。しかし身の不幸を嘆いて「こんな生活なら死んだ方がましだ」と呟いたり、世話をしてくれる人のやり方が気に食わないと言って当たり散らしたりすると、介護する側はいっそう気が滅入《めい》ってしまう。

それでも日本の社会と人は、国民を見捨てはしない。日本の、と言ったのは、アフリカなどでは今でも国民健康保険だの、生活保護法だの、国民年金などない国が多い。困窮した人々の生活を救うのは、部族の組織か、人々の慈悲の感情だけで、子供を腕に抱えて物乞《ものご》いをする人たちの姿を見るのは、ごく普通のことである。

日本社会はこうした国々の現状から見ると天国を実現した。家族から捨てられることはあっても、社会から見放されることはない。どんなに無力でも、社会は必ず屋根の下に収容し、食べさせ、体を拭き、排泄を助ける。そんなことのできる国が世界中にそうあるわけではない。

私たちはただ幸運だけでこうした国に生まれた。日本に生まれるために、努力したのでもなく、金を払ったのでもない。正直で頭がよくて、努力家で働き者の多い日本人のいる日本という国に生まれたから得をしていることはたくさんある。国中が貧しくて、政治家も官吏もすべて公然と汚職をしている国も世界中に珍しくはない。日本はそうではない。収賄の判決を受ければ総理大臣でも収監できる国だ。こんな国はめったにないし、そういう国に生まれることができたのも幸運である。

だから晩年も感謝して明るく生きることである。いや、もっとはっきりいえば、心の中は不満だらけでも表向きだけは明るく振る舞う義務が晩年にはある。心から相手を好きではなくても、愛しているのと同じ理性的な行動を取ることだけが、むしろほんとうの愛なのだ、と聖書が規定しているのと同じである。長く生きた人々は、或いは病気で苦労した人々は、それくらいの嘘がつけなくてはならない。

とは言っても、私自身がその通りできると思っているわけではない。人は往々にして他人に「説教」したことは、自分ができないことが多い。それが人生の滑稽なところだ。私も惚ければ、自分勝手の見本みたいな老人になり、感謝どころか悪態ばかりつくようになるだろう。また体に苦痛があれば、それだけの気力もなくなるだろう。しかし老人や病人だけでなく、誰にとっても、心ならずにせよ明るく振る舞うということは、人間としての義務だと思う。それは私が明るく振る舞わない家族と暮らして、家庭を時々火宅と感じていたからわかるのだ。

内心はどうあろうとも、明るく生きて見せることは、誰にでもできる最後の芸術だ。地獄に引きこまれそうな暗い顔をしてグチばかり言い、決して感謝をしない老人に親切にすることは、相当心の修行をした人でないとできにくい面もある。優しくしてもらいたかったらまず自分が明るく振る舞って見せることだ。

下手な歌やコーラスを自分が歌って誰かに聴いてもらいたいために、老人ホームの慰問をするグループがあるという。するとホームのおばあさんでしっかりした人が「悪いですから聴いてあげましょうよ」と言って進んで聴衆になり、盛大な拍手を惜しまないのだという。私はせめてそういう老人になりたいと思っている。

『愚か者から得る教訓』

私のところへ、時々、私が考えたこともないような政治的な指針や、宇宙の真理のようなものを書いて送って来る人がいる。或いは差し迫った地震の危機は、こうすれば防げるからという予言的指令もある。もちろんこうした手紙は数多くの人に発送しているのだろうから、私が適切にそれに対して動くことを期待しているわけではないだろうが、このような人は、社会や人間を憂い警告を発している親切な人なのだろう、とは思う。

私は昔から占いのようなものに従うことはせず世の中を生きて来た。前にも書いたことがあるのだが、私は五十歳直前に少し危険性のある眼の手術を受けた時、全く別々のやり方で占いをする二人の人から、揃って最悪の運勢だと言われたことがある。方角も日も悪い。せめて私の誕生日の後なら少し運勢も好転するのだから手術を日延べするようにと忠告してくれたが、私はあらかじめ主治医が決めた手術の日を変えることはしなかった。私は運命に従うのが好きであった。

最悪と言われた運勢の日に、私は信じられないほどのいい手術の結果を得た。生まれつきの近視までが矯正され、友だちには「ド近眼の女の子」として知られていた私が、突如として眼鏡をかけない人間になった。しかしそれは私の努力の結果ではなかった。特別に高い手術料を払ったのでもない。ひたすら主治医の腕と運がよかったからなのだ。

私は小心だから、努力というものを信じていないのではない。試験前にたくさん勉強すれば、点が少しは多く取れるだろう、という確率を信じている。しかしその原則が通らないこともまた実に多いのである。

二〇〇五年春、日本と中国との関係は今までになく緊張して、一時北京では日本企業が襲われる暴動めいたものまでが起きた。理由は小泉総理が靖国神社にお参りすることに対して中国が文句をつけたからである。中国政府は暴動をとりしまり、壊された大使館関係の建物の補修をすることは引き受け、実際の修理のための工事も遅延させ、しかも暴力ざたを謝る、ということさえしなかった。世界的な外交のレベル以下のことだろう。

私はいつも思うのだが、人間の感情は、理性ではなかなか片づかないから、自分が災難に遭うと、その原因になった人や事件を深く恨むのは当然である。しかしその人間の感情ほどまた時間によって、いい意味で変質するものはない。中国が戦後六十年も経って改めて戦犯の問題を蒸し返すということは、明らかに他の目的があるからである。

感情の風化ということは、まことにおもしろい現象だ。仲のよかった配偶者が死んだ後、癒されることはないと思うような悲しみでも、恐らく三年も経つと少しその辛さが減って来ているように見えることである。私は何人もの同級生がご主人を失っているのを、外側からなすすべもない思いで見守って来た。私は非常識だから、四十九日までは完全な喪に服すのが当然などという世間の良識に従わず、むしろ初七日がすぎたら、遊びにひっ張り出す方がいいなどとも考えていた。もちろん長い看護で疲れ果てて、それどころではない人もいる。しかし要するに、何でもいいから外圧で気が紛らわされて、時間が経てばいいのだ。すると或る時ふと、同じ傷の痛みでもそれはあら傷ではなく、少し穏やかなものに変わっているのに気付いてくれるだろう。誘うと外で食事をすることにも、買い物をすることにも興味を示してくれるようになっているかもしれない。物質が心の本質を救うかどうかは全く別なことなのだが、人間はいかなる悲しみの中でも、食べて生活していかなければならないのだから、食欲や所有欲が動き出して当然だ。

話が廻り道をし過ぎたが、時間の経過によって人間がいささか、皮膚の辺りで、（ということはその人の本質ではなく）変質するということは実に偉大なことで、それを認めない行為にはどこか嘘がある。

人間自体が年を取ると若い時とは全く別人になっている。少なくとも私はそうだ。「三つ子の魂、百まで」と言われる悪癖の部分は残っているが、確かに十代、二十代では全くしなかったような考え方をするようになっている。簡単にいい人間に変わるとも言えないし、惚けてばかになったとも言い切れない。しかし変わっても不思議はない。

人は変わるのだ。変質するのである。それが加齢の力だ。歴史もまた同じである。一つの出来事に対する感覚も確実に変質している。それを認めないのはおかしい。

よく世の中には善意の人がたくさんいて、自分と同じ失敗を二度と子や孫に犯させないようにしようと思う人がいる。そういう人の話を、しみじみと聞いて参考にするいい子も稀ではないだろう。しかし私自身はそうではなかったし、私の子供や孫もまたそのタイプではなさそうだ。だからかもしれないが、私は、戦争でも災害でも「語り継ぐ」ということはほぼ不可能で無意味だと感じている。

一九四五年の三月九日の夜から十日朝にかけて、東京大空襲があった時、私は何度もこの次にアメリカの爆撃機が襲って来る時には、私は直撃弾を受けて死んでいるのではないか、と思って緊張していた。しかし私がずっと死を思って震えていた、と言ったら嘘になる。焼夷弾が付近に落ちて、隣家の羽目板が燃え出し、私たちがバケツリレーによって消火活動を始めた時など、私は生の実感に燃えていた。あれほど真剣に体を動かし、生き延びよう、火事を消そうという、具体的な目的に、一点の疑念も抱かずに体を動かしていた瞬間などそうそうあるものではない。

戦争とはそうしたものなのだ。ずっと憂鬱《ゆううつ》で、死に怯えていることなどない。イラクのアメリカ兵は、武装ゲリラに殺される前に、相手を殺そうと反応することに微塵《みじん》も疑念を抱かない。それを非難する日本人がいるが、私はそうは思わない。生きるためには、人間は迷わないものなのだ。特殊な人は別として、そのように機能的に作られているのが人間だ。そうでなければ水に放り込まれた時、泳げない人でも水の中ではもがくという行為もなくなってしまう。

もちろん後で、戦いの怖さも、虚しさも、おぞましさもわかって来る。しかし生死を分ける瞬間に迷いはないのだ。撃つか撃たれるかどちらかなのだ。だからアメリカ兵たちが、俗説には一年以上にもわたって交代要員もなくイラクの「戦場」に駐留させられていることもあながち不可能ではないのだ。日々の単純な目標が、一日一日を生きて繋いで行くことなのだから。

私が激しい空襲にさらされた体験を心の傷として定着させたのは、その翌日になってからだった。私は死の予告を体験によって、学習してしまったからなのである。爆撃機が急降下して私の上に直撃弾を投下する、と感じた瞬間があった。急降下と思えるほど爆音が大きくなるのは、爆撃機が私の頭上のコースに正確に進入して来ているということだったのだろう。だから焼夷弾も爆弾も、私を直撃する可能性が生まれる。現実の死の前に、その可能性の予告を学んだから、子供の私は恐れて砲弾恐怖症にかかったのである。

いきなり死んでしまうならいいのだ。人間にとって怖いのは死の予告である。助かるかも知れないがだめかもしれない、という選択の中におかれている時が怖いのである。

しかしこういう話をいくらしても、当事者でない他者（子でも孫でも、この場合は他者である）は知識以上の実感を伴うことはできない。私の子孫が特に感受性が悪いのかもしれないが、「ふうん」という顔をして聞いているだけだ。それさえも私への礼儀で、ほんとうはそういう話は大して聞きたくない、ということは顔に書いてある。

自分が死ぬ前に、次の世代に知恵を残して行ってやろうという親切な気持ちはよくわかるが、私はこの頃、そんなことは不可能なおせっかいだから、全くする気はなくなった。とは言っても、そういう善意ある人の行動を妨げようなどとは思わない。ただ、自分はしないことにしよう、と決心しただけだ。その結果どうなるかというと、私の子孫は、親たちが体験した失敗を少しも生かさずに、再び性こりもなく愚を繰り返すことになるわけである。

老年とは、不純を正視することができるようになることだ、とはもう何度も書いた。性悪説も性善説も、ともにひとつだけでは、私はとうてい信じられなくなっている。人間の性は善でもあり、悪でもあるのだ。

現実の暮らしの中では、どちらかというと私ははっきりと性悪説で自分を律して来た。しかし性悪説でやってみると、信じられないほどの人間の立派さに当然出会うから、私は深く感動し、その結果始終、尊敬や幸福に包まれて人生を送った、と思う。悪い言葉で言うと、「性悪説は最低限、推理小説の話の種にはなるが、性善説を小説にするのは極めてむずかしい」と思っていた時もある。しかし人間の性の中には善なるものは確かにあるのである。

自分が体験した不運や不幸を語り継ぎ、子孫が再びその愚を犯さないようにしてやろう、という配慮の中には、人生の暗い影を見せたり体験させたりしないことへの願望があるようだ。もちろん不幸より幸福、危険より安全がいいに決まっている。それでもなお、人間はそれだけでは完成しない。絵描きは影を描けなければ光を表せない。印象派の絵画も存在しなくなる。人生もそれと同じだ。悲しみを知らない作家は始末が悪いだろう。少なくとも私が愛した文学は、悲しみの文学だったし、私が書こうとしているテーマも悲しみだと言っていい。幸福は実体験すれば充分で、小説の中で味わうものでもない、と思うのだ。

戦争を語り継こう、語り聞かせよう、とすることは、自分の恋の話を他人に聞かせて、他人が自分と同じほど心をときめかせてくれることを期待するようなものだ。或いは自分がどんなに金持ちか、自分の孫はどんなにかわいいか、自分の犬はどんなにりこうか、ということを喋って、相手がそれに感動してくれるだろう、と期待するほど自己中心的なことだ。恋は、当人にとっては心に秘した宝石だが、他人にとっては退屈の種である。そしてまたそれでいいのだ。それが祝福の形なのである。

それより私は、人間は今日一日で完結する自分独自の美学があっていい、あるべきだ、と思っている。今日一日、私たちが自分の心に照らして、譲るべきではなかったこともあるだろう。或いはなおざりにしていてはならないこともあるだろう。父や母に孝養を尽くすこと、職場で不正を強いられてもそれにできるだけ静かに抵抗すること、困っている人を助けること、そうしたことが実はすべて平和に繋がるのである。平和運動が、戦争の悪を語り継ぐことだけであるはずがない。戦争を忌避するというのに、親を放置しておいて、何が平和かという感じだ。

老年にとって、また死に至る病にある人にとって、半世紀先の平和より、今日の美学を一日ずつ全うして生きる方が先決問題だ。死を目前にして、自分の生き方が端正なら、それはどこかで平和にも人間愛にも必ず繋がっている。

戦争を悪と見るより、愚かさと見る方が伝わり易いかもしれない。サッカーファンが殴り合ったりスタンドを壊したりするのを見ていると、人間の愚かさがよくわかるように、戦争そのものの破壊力を見ていると、多くの場合貧しい国が更に橋でも学校でも家でも壊し合って、後どうする気だ、と言いたくなる。戦争という狂気は愚かなものだ。そして不思議なことに世間は教訓的な視点から話を聞くより、「愚か者」や「ばかもん」の話を聞くことの方が心が休まるし、そこから教訓も得るのである。

木陰で荷物を下ろすとき

毎日曜日、教会ではその日朗読される福音書や書簡を書いたしおりが配られる。時々、その中に別紙で一つの祈りが入れられることがある。

そのうちの一つは、次のようなものだった。

「主よ、あなたが、あの人のことを、引き受けてくださいますから、一切をお任せいたします。私の力でなく、あなたの力で、私の愛ではなく、あなたの愛で、私の知恵ではなく、あなたの知恵で、お守りください。

主よ、抱きしめてください。私の代わりに」

不勉強で、誰が作った祈りか知らないのだが、これは素晴らしい祈りである。

晩年の美学は、限度を見定めることにある、と言ってもいい。若い時には、まだ時間の余裕もたっぷりあり、今後どんな運命の変化が待ち受けているかもしれないから、答えを出すのは常に時期尚早の要素が残る。

しかし老年や晩年には、もはや残された時間は少なくなっている。自分にできることは限られている。しかもそれは悲しむべきことでもないのだ。その時こそ、私たちは多くの相手に心を残しているのだから、自分の取るべき行動がはっきり見える、という贈り物を受けている。

この祈りについて余計なことだが、いささか小説家的解説を加えることを許してほしい。

これを捨てた親、或いは、捨てた子への祈りと思う人は多いだろう。

多くの人が親を捨てたくはないのである。しかし私の身近を見回しても、親と子がもうどうにもならない限界まで対立し、その結果耐え難いほどの疲労に襲われて、もうこの上は、親が死ぬか、自分が死ぬかするほか解決の道はない、と思うような状況に追い込まれることは、それほど珍しくはないのである。

その結果、世間的に見ると、子供は親を施設に預けて次第に遠ざかるほかはなくなる。つまり物理的に捨てるのである。預けられた親は初めはその仕打ちを恨み、たまに顔を合わせれば親子の間には喧嘩か恨みごと以外の会話がなくなる。すると次第に子供は親を訪問もしなくなり、こうして心理的にも子供は完全に親を捨て、親は子供に捨てられたという状況になるのである。

私は幸いにも私の実母と、夫の両親の三人と最後までいっしょに住むことができた。私は卑怯で人並み以上に弱かったから、多くの困難を一人で解決できず、いわばごまかして生きて来たような気がする。

私たち夫婦が親たち三人との同居に踏み切ったのは、親たちが三人共、六十代の前半の時であった。当時、私の母は既に私たちといっしょに住んでいたが、夫の両親は中野に別居しており、舅姑のどちらかが、熱を出したり、風邪を引いたりしても、いつも締め切りの時間に追われていた私には、見舞いの時間をひねり出すのもけっこう大変なことだった。当時の私は、いまほど文章を書くのが楽ではなかったのである。

表面的には、私はその頃既にかなり小説が売れるようになっていて、たくさんの量を書いていた。中野まで行って、とにかくご飯を炊き、お味噌汁もおかずらしいものを明日の分まで作っても、明後日になったらどうするのだろう、と思うと落ち着かない。当時はコンビニでご飯やおでんやゴマあえを売っているような時代ではなかったのである。通うのが面倒だから、いっそのこと隣に住んでもらえば、片手間に世話ができていい、というのが私の計算であった。もちろんこういうことは、私にも男並みの収入があったから言えることである。

親たちに引っ越して来てもらうことを決意できたのも、私たちの隣家がちょうどその時売りに出て、全部は無理だったが、半分ならその上に建っている古家ごと買うことができた。幸い姑は質素な人だったから、その古家に少し手を入れただけで住んでもらうことにも、少しも文句を言わなかった。これだけのことでも、かなりの金額がかさむ。私の収入が役に立ったのは事実であった。

人間がお金に執着する気持ちが、私にはよくわかる。もしあの時、私たちが古家を買えず、当時住んでいた部屋を親たちと分かち合うことになったら、私たちはやはりくだらないことでもめたかもしれないのである。だからお金さえあれば、たいていのことは解決する、と思う人がいても当然だろう。

姑が先に亡くなって、舅が一人で暮らすようになった時にも、私たちはいっしょに暮らしてくれるいい家政婦さんを見つけることができた。誰であれ、一家の中に女性の気配がするとしないとでは、寂しさが違う。舅の晩年、私はその家政婦さんに、舅といっしょに駅前の喫茶店にコーヒーを飲みに行ってもらった。それから舅が自分でコーヒーを入れた時も（舅はこれがややお得意だった）、ぜひいっしょに飲んで、「おじいちゃまのコーヒーは、おいしいですね」と言ってもらうことにしていた。

しかしもし私にお金の余裕がなかったらと思うと、私は深刻になる。私は舅姑の世話まで一人でみながら小説を書き続けることはできなかったであろう。そのために仕事の量を減らしたりすれば、私はそのことを内心恨んだりしたかもしれない。私はいつも、自分の作品など何ほどのものでもない。自分が小説を書かなくても、世間は全く困らないのだ、ということをよくよく承知していたにもかかわらず、それでも舅姑によって、自分の生涯をめちゃくちゃにされたと思うかもしれないのである。

その手の葛藤《かっとう》のあげくに、親たちを捨てた人は世間に数限りなくいる。親の方にも原因がなくはない。ひがみっぽかったり、息子夫婦に密着しようとし過ぎたり、やたらにけちだったり、理由は千差万別だ。

親であろうと誰であろうと、嫌いになると同居するだけで病気になる。世の中には、相手を憎んで嫌がらせをすることが生き甲斐という人もいないではないが、憎む相手といっしょにいたら毎日の生活は地獄になる。

或る夫婦は、妻が夫の父と住むのは嫌だ、と言い出した。私はその理由を聞いたことがない。当人が言わないことを聞き出す理由もないし、多分それだけのことはあったのだろう、と思うが具体的な話を知らない。夫は一人っ子だったが、妻の訴えを入れて、老父を置いて別居した。すると今度は妻の母が癌になった。妻も一人娘だったから、私はせめて最後の数年を、夫婦が夫の父とも妻の母ともいっしょに暮らせばいいのにと思っていたが、もちろん、そんなさしでがましいことを口にしたことはない。その結果、夫は自分の父を捨てた以上、妻の母と暮らすこともしない、と言った。男女同権の民主主義の時代には、それも充分に筋の通ったことではある。筋を通しはしたのだが、それは誰にとっても残酷な結果であった。

それで釣り合いが取れたと思えればいいのだが、古い心情を持っている私は、悲しくてたまらなかった。息子夫婦に見放された父は、どうして一日を暮らすのだろう。朝日を見ても、昼ご飯になっても、夕暮れが訪れても、息子がもう訪ねて来てくれない、生きているうちにその声さえ聞けないかもしれないと思うと、早く死にたくなっただろう。妻の母も、娘がいるのに、いっしょに住んでくれない。病気を見舞おうともしない娘婿の存在を憎むだろう。

親が子を捨てる場合も、それに劣らず悲しいだろう。

一口に言うと荒れる子供を持つ親が、毎日毎日子供の暴力に戦々恐々として暮らす地獄のような日々を、私は小説家だから容易に想像できる。原因は親が共稼ぎで家にいなかったり、教育的配慮を怠ったりしたから、そういう結果になったともいえる。しかし世の中には、父親がアル中でも、母親が男狂いをして家にいつかなくても、その悲しみの中から、自分で自分を教育して立派に育つ子もいるのである。

いくらいっしょにいたいと思っても、突然の家出を繰り返したり、万引きを止めなかったり、注意すればかっとなって刃物を振りまわしたりするような子供とは、いくら親でも共に住めなくなる。その結果もっとも双方が傷つかない結果として、親が子を捨てることになる例も、決して少なくはないだろう。

一人一人を見ればどちらもそんなに悪い人ではないのである。ただ「もう手に負えない」という人間関係はしばしば出現する。その後でこの祈りは有効になる。

親子の別離ではなく、私はむしろ古風に、愛していながら別れた恋人のことを思ってもこういう祈りをするだろう、と思う。

今は全くないことなのだろうが、昔は女性が愛している相手のために自ら身を引く、つまり相手から遠ざかる、ということがよくあったのである。そして私は今でもそういう選択が大好きである。

恐ろしく通俗的な話の筋を借りて説明する方がいいかとも思うのだが、男が外交官だったり政治家だったりして、妻の実家の資産を当てにしなければならない立場の人というものはよくあるものなのだ。もし或る娘が資産家の生まれでもなく、その意味で彼にふさわしい相手と思えなかった時には、その人はどれほど相手を好きでも遠ざかって行くということが昔はあったのである。

政治家や外交官だけがその理由でもない。女性が病弱だったり、家族をかかえていかなければならなかったりして、結婚が現実的に相手の邪魔になるように思われる場合にも、昔は身を引くのが賢明と思われたのだ。しかし今はほとんどの人がそうではなくなった。どこまででも、競争相手と争って好きな人を手に入れようとする生き方のほうがふつうになったのである。

恋を諦めて去った人の胸に一番ふさわしいのもやはりこの祈りだったろう。もう自分はどのようなことも相手にしてやれなくなった。ただ神に任せる他はない。

私の力よりも、神こそがその人が必要とするもっとも適当な力を与えられる、ということは真実だ。自分の愛よりも、神の愛の方がより広範で深く本質を衝いていると考えるのも妥当だろう。私の知恵など、ものの役にも立たないが、神の知恵は無限である。それから……私などに抱きしめられたら、ぞっとするかもよ、と言って笑えるようにもなっている。

それが終焉《しゅうえん》の予感の中の誠実である。

老年や晩年の知恵の中には、荷物を下ろすということがある。達成して荷を下ろすだけではない。未完で、答えが出ないまま、終着地点でなくても荷物を下ろす時がある。普通人間は荷物を下ろす時には、必ずその目的を達成し、地点を見定めて下ろすものなのだが、死を身近に控えれば、そのような配慮はもう要らなくなる。

そっと人目を避けて木陰で荷物を下ろせば、爽やかな微風がきっと私たちの汗ばんだ肌を、優しく慰めてくれるものなのだ。

自立と自律

もう今までに何度も繰り返して来たことで、改めて言うまでもないことのような気がしてはいるのだが、自立と自律についてもう一度しつこく触れたい。

昔、まだ小学校の低学年時代から度々言われたことは、「自分のことは自分でしましょう」という言葉だった。子供の時はボタンがはめられないとか、鉛筆をお母さんに削ってもらうとかいう幼児性が残っている。そういう依存性から、一刻も早く脱却しましょうということだった。そして十歳くらいまでの私は、一人娘で甘やかされて育っていた面があったから、何でも一人でできなければいけない、と言われると怖《お》じ気《け》づいたのを覚えている。

しかし最近年を取るに従って、改めて自立の重大さを思うようになっている。

そして自立を可能にするものは、自律の精神によってであるということもわかるようになった。

晩年、老年ということは、壮年、中年とは違った生き方をすることだ。このことをはっきりと認識することが、まず自律のスタートである。昔社長さんだった人は、会長職も引き、相談役でもなくなり、一人の人間に戻る。今までついていた秘書もいなくなり、列車の切符を自分か奥さんが買わねばならなくなる。数十年間自分でパンも牛乳も買ったことがなかったという人もいる。それが普通の人生としてどんなに歪んだことかを思わずに、それが当然と信じていたことが悲劇なのである。

先年、しきりにＮＨＫの腐敗が週刊誌に取り上げられていた頃、当時の海老沢勝二会長のスナップを掲載した週刊誌が一誌あった。それは「エビジョンイル」などとまで書いたマスコミが多かった中で、非常に新鮮な光景だったので、私は今でも好感を持って覚えているのである。それは海老沢会長が、どこかの店先で電池を選んでいる姿だった。

ＮＨＫの職員が汚職や粉飾決算をしていた以上、当時の会長に責任がないとはいえない。だから会長は、早々と責任を取ってやめますと言えばよかったような気がするのだが、それを表明しなかったところに、「叩く」空気が生まれたのだろう。

しかし現実には、一万一千余もいる職員の一人一人の行動の隅々までに、会長が眼を光らせていることはできない。緩んでいたのは組織であり、NHK全体を包む空気である。これくらいのことは、ＮＨＫなら当然。世間もそれくらいのことはやっている、という判断である。それを許した責任はもちろん会長にある。しかし海老沢会長自身は、辻褄《つじつま》の合った生活をしている方かなと思った。

その鍵になるのが電池である。たかが人間の小指ほどのサイズの電池である。ことにNHKなら、そんなものはどこにでも転がっていて、しかもいちいち現場が何に使ったかを報告するものでもないだろう。当時はまだ海老沢会長は、NHKに毎日出社していた時だと思うから、「単三の電池、四本くれない？」とでも秘書に言えば、たちどころに机の上に置かれたはずだ。しかしその電池を会長は自分のお金で、自分で選んで買おうとしていた。この方はごく普通の生活ができる方なのだと私には思えた。

会長さん、社長さん、も偉いのだろうが、日本の地方にも、やたらに偉い男性がたくさんいるらしい。その人たちは、そんなに威張る理由がないのだが、家長である、長男である、村の旧家である、功労者である、というような理由で、生活に必要なことを何もしないで生きている。

電池も替えない、電池も買わない。茶碗も洗わない、お米も研《と》がない、蒲団も敷かない、洗濯機も動かしたことがない。洗濯物など干したこともないし、もちろん取り込んだこともない。自分で電話をかけてタクシーを呼んだこともない。お風呂場の石鹸《せっけん》がなくなっていても、自分で新しいのを出して来る才覚もない。出されたおかずも自分では取り分けない。自分の湯呑《ゆの》みにお茶も注がない。

私はこうした男性像を、今までに部分的に何度も見たり聞いたりして来た。完全に人間として生きることが不可能な人である。こういう人ができる過程と、学校教育の程度とは関係ないのである。

日本の生活でも、電球が切れ、昔はヒューズが飛ぶことがよくあったが、その度に奥さんを呼んで電球もヒューズも替えさせる男性がいた。それが東大工学部出身なのである。私たちは東大工学部というのは何て無能なんでしょう、と笑い転げたものであった。もちろんそれは、その人の社会的地位上の能力や、家族思いで部下にも労りのある人だという性格とは無関係である。だからその人が、会長さんや社長さんである間は、電球とヒューズが替えられないことも、別に問題はないのであった。

しかしそうした基本の部分で人間としての機能を保っていないと、老後では大きな問題になる。つまりその人はもはや会長さんでも社長さんでもないから、「電池！」と言っても電池が出て来ないし、「電球！」と命令しても切れた電球を替えようとする奥さんも年寄りになっていて、足元がおぼつかなくなり、脚立《きゃたつ》にも乗れなくなっているという事態になっている。

私は男が男であるというだけで威張る社会とは無縁で暮らして来た。大体都会とは貧しい所で、というか現実に男女平等なすばらしい土地で、そういう威張れる男の座がない。しかし人間としての労りは当然だ。男が一家の家計を一人で背負って立っている期間には、男が忙しいのだから、会社から帰れば、食事の用意ができていて、お風呂も沸いている、という配慮がなされているのはごく自然である。

しかし封建的な思想の残滓《ざんし》によって、なんでも男が偉くて、理由なく瑣末《さまつ》な家事は女にさせればいいという社会が、今の日本にもまだ地方には残っているのを見ると、日本は何と遅れた国なのだろう、と思うことがある。まるでアラブのようだ、と言いたいところだが、妻を殴る人は欧米人にもいるし、妻に優しい夫はアラブにもいるから一概には言えない。ただし、アラブでは、食料の買い出しもすべて夫がする。それは家事に協力的なようだが、実は、妻を世間に晒させない、他の男に顔を見せない、というのが大きな理由だからである。妻は一種の所有物という認識が多かれ少なかれあるのだから、簡単にいいことだ、とするわけにもいかないのである。

民主主義、人道主義の基本は、男も女も同じように働くことだ。もちろん得意な作業には、違いがある。樵《きこり》の仕事は男に向いているし、縫いものは確実に女にもできる。しかし男だからしなくて済む、ということはない。同時に女にも、私は女だからわかりませんという甘えや言い訳は許されるはずがない。会長さんや社長さんを止めたら、それは一人の人間になった、ということだ。だから急遽《きゅうきょ》、炊事、洗濯、掃除、買い物の方法などを学べばいい。料理はむずかしいことはできなくても、味噌汁とオムレツとライスカレーくらい作れるべきだ。それも下手くそな出来でいい。少なくとも、知能指数が人並みにある人ができないほどむずかしいことではない。

専用車の送り迎えがなくなったら、電車の乗り方を楽しむことだ。安く行く方法、とにかく行ったことのないルートを辿ってみる方法、鈍行列車を乗り継いで観光の機能を混ぜる方法、いろいろ工夫すると無限のおもしろさがある。切符の自動販売機はいろいろあって、どこにお金を入れていいのかわからないこともあるが、数人のやり方を盗み見ていれば覚えるし、何度か失敗すればそのうちに馴れて来る。一方女は「私はできません」「私にはわかりません」というのが得意だ。男が無理強いに仕事を押しつけるのを避けるために、昔の女たちは、できません、わかりません、と言うより仕方がなかった面があるのではないか、とさえ思う。

先日、「段取り」という言葉が出て来て懐かしかった。「段取り」というのは、やや古めかしい言葉だが、私は土木の現場で勉強させてもらっている時には、よく耳にした日本語である。つまり現場所長は、若い職員たちに常に段取りを考えることを要請するのである。

事実すべての仕事は段取りから始まる。大きな段取りも小さな段取りもあるが、段取りなしにやれる仕事はない。どういう道を作り、どういう資材を置くためにどこにどんな空間を作り、何時にどれから運び込み、何日後から、どのような作業から始めるか、すべて段取りなのである。

料理は段取りの塊だ。そして小説も、時には（自分で言うのも気恥ずかしいのだが）壮大な段取りが必要だ。細かい筋をたて、その場に必要な知識を補給する。参考書、関係書を買ったり、専門家に教えを乞いに行ったり、許可を求めたり、連載の間中チェックしてもらう約束をしたりする。「小説は嘘を書くもの」というのも一面では間違いではないが、同時に小説は強固な事実に立っていないと、眼のある読者を納得させられないのである。そういう意味で、小説は決して嘘だけで成り立ったりはしない。

この段取りをし続けることが、実は老年において人間としての基本的な機能を失わせない強力な方法なのだ、と最近思うようになった。惚けたり気力が失われたりすると、人はもう段取りをつけることができなくなる。そうなったら、思いつきで、思いつきの行動に出る他はなくなる。段取りは、意志の力、予測能力、外界との調和の認識、そして何より謙虚さ、など総合的な判断が要る上に、たえずそのような配慮をすることで心を錆びつかせないことができる。

家事は段取りの連続であることを思うべきだ。頭の体操にはこれほどいいことはない。

だからその段取りの手順をまちがえると、こっけいな失敗談もたくさんできる。それほど家事は高級な作業でもある。サトイモを煮る時、滑《ぬめ》りもよく取らず蓋をすれば、吹き上がった泡は調理台いっぱいに吹きこぼれて悲惨なものだ。電球を替える時には、古い球をどこへ置くかを決めてから脚立に乗らないと、空中で二つの電球をどうしたらいいのかわからなくなる。年寄りの事故で割に多いのは、お風呂の温度を見ずにいきなり浴槽に入って火傷《やけど》をすることである。こういう人は、いい奥さんに恵まれていたから、お風呂は常に適温で用意されていると甘く思い込んでいたのだろうが、私などは、常に人を頼ってはいけない、と思って来たから、お湯は必ず自分で手を入れて温度を確かめてみてから入る。今となっては、ありがたい癖がついていると言うべきだろう。しかし年を取ると、ますます段取りは人がしてくれると思う。旅行カバンの中身も、用意するのは自分ではない。旅館を予約するのも、親戚の娘に結婚の祝い金をそれなりの封筒に入れて送るのも、すべて子供か配偶者の仕事になる。礼状を書くことも、銀行のお金の管理も、すべて人がやってくれると当てにする人もいる。しかしそれを惚けの結果だとは決して認めない。自分の立場ではもうしなくていいのだ、と決める。

できないのと、しないのとが、癒着する。自立がいいことだと思わないと、自律しようという気分にもならない。一人の人間として慎ましく生きることへの訓練を、なおざりにして来た環境が許されると、関節でも脳でもすぐ錆びつく。始終体操をしていなければならないのが老年である。やれやれだが、その切羽詰まった危機感を失ってはならないのである。

壮大な矛盾に満ちた地球

私はまだ臨終を体験したことがないので、死の直前に自分がどういう感覚でいるのか知ることができない。ただ、人間の死は急にやって来るものではなく、徐々に近づいているものだ、とは感じている。視力を失う人もいれば、歯がなくなる人もいる。私は坂道を駆け降りることができなくなっているし、大した病気ではないと思うのだが、旅行に行く勇気がない、という友人もいる。

今もたまには、私は自分が一応充分に機能していると思う日がある。体もどこと言って悪いところはないし、頭も（私の能力の範囲でだが）それなりに冴《さ》えている、と感じられる。しかし多分臨終近くには、そうした透明な思考を許される時間がなくなるのだろう。しかしそれはそれなりに一種の救いかな、とは思っている。

しかし前にも触れたように、年を取った私は途方もなく正直になれる。総選挙の前になれば、マスコミは、人生観のかなり根幹の部分で、変節し、妥協し、計算した立候補者たちの、裏話でもちきりだ。私も変節する人が嫌いなのだが、変節だの妥協ということは、晩年には一切必要なくなるのがおもしろい。

希望や予想は必ずと言っていいほど現実と違う。たいていの人はその違いにショックを感じるが、それはいい意味での末期の眼ではない。

子供はかわいい、ということは、おおよその人が認めるところだ。中には子供が徹底して嫌いという人がいないでもないが、子供の仕草《しぐさ》というものは、理屈なく、おもしろく、楽しく、かわいい。人間の子供だけでなく、動物の子供でも、小さいだけでどうしてああかわいらしく見えるのか、不思議である。弱いものを守るために、そしてそれによって種の保存を少しでも多くするために、神はあのようなからくりを作られたのだとしか思えないことがある。ただし私は「罪もない子供」という言い方が好きではない。子供は運動能力も発達していず、自我が確立していないから罪を犯せないだけのことで、いかにもすべての子供は自由意志の結果として無垢《むく》であるかのような言い方は正確ではない。

もともと人間は、偉大であると同時にもっとも残酷な生物だから、子供を犠牲にしても平気という人たちもいるのである。

サマワの自衛隊員の安全の守り方がいろいろ取り沙汰されていた初期の頃、自衛隊の駐屯地の近くにサマワの幼稚園を作ればいい、と言った人がいた。それはいかなる破壊的なテロ組織も子供に危害を及ぼすようなことだけはしないだろうから、という理由からだった。しかしテロをそんなに甘く見てはいけない。テロ組織は、目的のためなら、子供をついでに吹き飛ばすくらいなんでもないのである。

実に人間の恐ろしさは、無限だ。今でも人身売買さえ世界のあちこちで平気で行われている。たまたま今朝読んだ英字新聞でも、シンガポールの空港で九歳と十歳の二人を孫娘だと称する女性が、航空会社のカウンターの男に疑われて逮捕された。この二人の女の子はマレーシアのパスポートを持っていたので、カウンターの男性は、小さな客に愛想よくするためにマレー語で話しかけたのである。するとこの二人は全く言葉を解さなかった。それで航空会社の男は訝《いぶか》しく思い、官憲に通報して、この女が、祖母でもなんでもなく、ただ人身売買の運び屋であることを見つけたのである。

細かいことは何もわからない。この祖母役を演じた女がどういう理由でこれを引き受けたのかもよく報じられていない。また、二人の娘は姉妹なのか別々の家族から来たのか、それぞれの親たちはどういう理由で娘を売り渡したのか、二人は今どんな思いでいるのか、家族の元へ帰りたいのか帰りたくないのか、細かいことはほとんど何もわからないし、また書いてあったところで当事者に直接聞けば、多分違った答えをするはずだ。

数日前も、東南アジアの或る貧しい国で働くシスターが私の家を訪ねてくれた。道路沿いのひん曲がった鳥小屋みたいな家に住む人たちは、食べ物も満足になく、子供たちも学校に行っていない。教育の必要性もわからないし、お金もない。とにかく国中に学校が足りないのだ、という。何故ないのですか、などという質問はむしろピントはずれなのだろう。昔の日本だって、学校へ行けるのはほんの一部だった。人間が生活するということは、着て食べて寝ることなのだ。それ以外のこと、教育も、余裕のある人だけが受けられる特権なのだ。

売られる娘たちは、もちろんまだ子供なのだから、親元を離れる時には、泣いたろう。しかしそうでもないケースもあるのだ。現代のブラジルの話だが、親に捨てられたか、片親がいても働かねば生きていけない未婚の母のために、子供たちのホームがよく作られている。お母さんは町でメイドをして働いている、と聞かされている子は多いが、世話をしているシスターによれば、実は売春をして稼いでいるのだという。

シスターたちはそういう子供たちを、質素ではあっても清潔な環境で暮らさせ、掃除・洗濯・アイロンかけなどを覚えさせて、将来まじめにメイドさんとして住み込みで働けば、お給料もちゃんと貰えて人生が開ける、と考えてしつけようとしていた。しかし子供たちは、総じてそうした地道な労働を嫌っていた。

「掃除、洗濯はメイドの仕事よ」

と言い放つ子もいるという。自分が生まれながら貧しい生活しかしたことのない子でもそういう科白《せりふ》を口にするのである。

日本は違う。私の子供時代、私の家庭と比べものにならないような裕福な家庭に生まれた同級生が、私よりはるかに厳しい家事を仕込まれていたのをみて、私の母は感慨を新たにしていた。母もトイレ掃除からあらゆる家事を私に覚えさせようとしていたが、そのお宅のしつけを見ると、自分は甘かったと感じたようだった。つまりほんとうの金持ちは質実で、かつ厳しいのである。そうした背後には、労働は神聖なものであり、それは庶民の徳だけでなく、皇室さえも支持しておられるものだ、という概念があったからである。

シスターたちはまた、そうした子供を、できるだけその母の元に帰すことを心がけていた。長い休みには母親が迎えに来て、子供たちは普通ならいそいそと母の元へ帰るはずである。しかしそうでない子供がしばしば出るのをシスターたちは悲しんでいた。

そうであろう、ホームではとにかく毎日食事が食べられる。しかし貧しい母や祖母の家に帰れば、ご飯もくれないことがある。母親が一間きりの陋屋《ろうおく》に、奇妙な男を連れ込んだりしていて、せっかくの休みにもかかわらず「お前は外に出ておいで」と言われたりする。

子供の中にははっきりと、家を嫌う子供も出て来る。家は狭くみじめで汚い。母親の中にはすさんで可愛がるそぶりも見せない人もいる。ホームから帰りたくないという子供たちを見て、シスターたちは煩悶《はんもん》していた。自分たちの教育は、子供たちに折り目正しい生活というものを身をもって覚えさせるためで、決して生みの親をうとませるためではなかった。何のためにがんばってホームの貧しい子供たちを教育して来たのだろう、とシスターたちは思ったのである。

しかしおもしろいことに晩年になって初めて、私は人間は答えの出ないことも一応伸びやかに承認しておいていいのだ、と思うようになった。私自身そうなのだ。

今から三十年以上も前に、私はいいことをしたいという気持ちからではなく、偶然の成り行きから、途上国を支援するNGOを始める羽目になった。夫は昔から「いいことを張り切ってするな」と私に言っていた。昔は慈善、今は人道などという言葉で表される或る種の行為は、目立ちたがる人の生き方で、羞恥とも謙虚さとも無縁になる。だからよせ、ということらしかった。

私も全くその説に賛成だったが、皮肉なことに寄付は続いて集まるようになり、そうなると責任者の私は、そのお金を正確に援助先に届けるために辞めるに辞められなくなった。

しかし私の周囲には、私に苦い言葉を言い続ける友人たちが数人いた。アフリカを援助しようと思うのは、むだだ、と言い切る人もいた。汚職、縁故採用などは極《ご》く当たり前の腐った社会に、外国の援助が届けば、無能で強欲な為政者が喜ぶばかりである。だからアフリカはいっそのこと、一度徹底して悲惨のどん底まで落ちなければだめだ。あなたのような人が、むしろアフリカ問題の徹底的解決を延ばして、アフリカを不幸にしているのだ、とまで言う人もいた。

私はそうした言葉に全く怒らなかった。誰一人として正しい考えや予測をできる人はいない。あちこちで間違えながら、何とか生きて行く他はない。アフリカの貧困の特徴は、今日食べるものがない、ということだ。人間の不幸の順位は付け難いが、空腹に耐えるということはその中でもかなり辛いことだ、と私は素朴に考えた。

私は多分アフリカの貧困の根本を解決するためには逆の方向に足を引っ張るという悪事をしているだろう。しかしすべてのことの解決はそんなにすぐにはできない。私たちの援助によって僅かな数の人々がどうやら今日から明日を生き延び、その間に遅れながらアフリカの貧困が解決の方向を辿る。そう思うことにしよう。

人はいいことだけをするのではない。いいことだけをしようとしてもむりだ。

時には悪いこともする、と考えればあまり追い詰められた気分にならなくて済む。

人間の優しさもいろいろな形を取る。人間の残酷さも表現はさまざまだ。そのからくりを死の前に知って、私は大人になって死にたい。それゆえにこそ、簡単に人を非難せず、自分の考えだけが正しいとも思わず、短い時間に答えを出そうとは思わず、絶望もせず落胆もせず、地球がユートピアになる日があるなどとは決して信じず、ただこの壮大な矛盾に満ちた人間の生涯を、実におもしろかった、と言って死にたいと思う。深い迷いの中で、とりあえず自分の好みに近い人生を送れたとしたら、それは世界的レベルにおいても、法外な成功だったのだから。もし迷いもなく、簡単に目的に到達してしまっていたら、私はもう生きる目的を失っていたのだ。しかしそうではなかったからこそ、私はどうにかこんな長い年月、生きてこられた。この矛盾さえ深い哲学的意味を持って、私に優しかった。

次の世代に言い残すことなど何もない。どの時代も、若者たちは自分で迷い、自分でどうやら答えを出す。残すとしたら知恵と技術と徳の本質そのものを残すことしかない。

朝日と夕陽を見ると、実感としてそれがわかる。人間の存在の卑小さと不完全性が実感できる。現代人が狂い出したのは、朝日が昇り夕陽が沈むその瞬間、つまり毎日毎日くり返される時間の生と死を、自分の家の窓から見られなくなったからかもしれない。

【著者紹介】

曽野綾子（そのあやこ）

1931年、東京生まれ。聖心女子大学英文科卒業。在学中から同人誌で執筆を始め、1954年、『遠来の客たち』が芥川賞候補となり文壇デビュー。多彩な文筆活動に加え、社会活動にも精力的に取り組む。1979年、ローマ教皇庁よりヴァチカン有功十字勲章受章。2003年に文化功労者。1972年から2012年まで、海外邦人宣教者活動援助後援会代表。1995年から2005年まで日本財団会長を務めた。『無名碑』『天上の青』『夢に殉ず』『魂の自由人』『晩年の美学を求めて』『人間の愚かさについて』『人間の分際』など著書多数。

帯写真　篠山紀信
写真提供　河出書房新社・shutterstock
装丁デザイン　大前浩之（オオマエデザイン）
DTP　田端昌良（ゲラーデ舎）
本文デザイン　尾本卓弥（リベラル社）
編集人　伊藤光恵（リベラル社）
編集　鈴木ひろみ（リベラル社）
営業　津村卓（リベラル社）
制作・営業コーディネーター　仲野進（リベラル社）

編集部　中村彩・安永敏史・杉本礼央菜・木田秀和
営業部　澤順二・津田滋春・廣田修・青木ちはる・竹本健志・持丸孝・坂本鈴佳

晩年の美学を求めて

2023年9月24日　初版発行

著　者　曽野綾子
発行者　隅田直樹
発行所　株式会社 リベラル社
〒460-0008　名古屋市中区栄3-7-9　新鏡栄ビル8F
TEL 052-261-9101　FAX 052-261-9134
http://liberalsya.com
発　売　株式会社 星雲社（共同出版社・流通責任出版社）
〒112-0005　東京都文京区水道1-3-30
TEL 03-3868-3275
印刷・製本所　株式会社 シナノパブリッシングプレス

©Ayako Sono 2023 Printed in Japan ISBN978-4-434-32713-1 C0195
落丁・乱丁本は送料弊社負担にてお取り替え致します。

リベラル社の好評既刊

女の背ぼね　新装版

著者：佐藤 愛子　A5 判／215 ページ／¥1,200 ＋税

今年 100 歳になる愛子センセイの痛快エッセイ

女がスジを通して悔いなく生きるための指南書。幸福とは何か、夫婦の問題、親としてのありかた、老いについてなど、適当に賢く、適当にヌケていきるのが愛子センセイ流。おもしろくて、心に沁みる、愛子節が存分に楽しめます。

そもそもこの世を生きるとは　新装版

著者：佐藤愛子　A5 判／ 192 ページ／¥1,200 +税

愛子センセイの珠玉の箴言集！

99 歳を迎えた今はただひとつ、せめて最期の時は七転八倒せずに息絶えたいということだけを願っている。人生と真っ向勝負する愛子センセイが、苦闘の末に手に入れた境地がここに。読めば元気がわき出る愉快・痛快 エッセイ集です。

リベラル社の好評新刊

持たない暮らし

著者：下重暁子　文庫版／224ページ／￥720＋税

シンプルな暮らし方、生き方を重ねてきた
著者による、“ほんとうの贅沢”のすすめ。

歳をとるということは、少しずつ余分な衣を脱ぎ、心を解放することだ。欲望と葛藤することで、自由を勝ち得ていくことだと思う。「ちょっといいもの」は買わない、「ほんとうにいいもの」を一つ買う。高価なものも日常で使い、生かす。など、「持たない暮らし」を提案します。